图书在版编目（CIP）数据

金子美铃物语 ：全都喜欢上 /（日）金子美铃著；王颖译. -- 北京 ：
出版社，2020.1
ISBN 978-7-5143-8212-9

Ⅰ. ①金… Ⅱ. ①金… ②王… Ⅲ. ①儿童诗歌－诗集－日本－现
Ⅳ. ①I313.82

中国版本图书馆 CIP 数据核字（2019）第 239528 号

金子美铃物语：全都喜欢上

著　　者：[日] 金子美铃
译　　者：王　颖
责任编辑：王传丽　阎　欣
出版发行：现代出版社
通信地址：北京市安定门外安华里 504 号
邮政编码：100011
电　　话：010-64267325　64245264（传真）
网　　址：www.1980xd.com
电子邮箱：xiandai@vip.sina.com
印　　刷：三河市南阳印刷有限公司

开　　本：880mm×1230mm　1/32
印　　张：13　　　字　　数：400 千
版　　次：2020 年 1 月第 1 版　　印　　次：2020 年 1 月第 1 次印刷
书　　号：ISBN 978-7-5143-8212-9
定　　价：59.80 元

全都喜欢上

金子美铃物语

金子み

みんなをすき

中国出版集团 现代出版社

金子美铃（1903—1930），本名金子瑛，是活跃于20世纪20年代的日本童谣女诗人。日本著名诗人西条八十称赞她：“金子小姐有作为童谣作家最可贵的品质——想象力之飞跃。这一点是别人难以模仿的。”她的诗歌世界充满着童真与爱，她像清晨的露珠一样，用她最自然、最本真的心来体味和热爱这个世界。

《露珠》

谁都不要告诉好吗
清晨院子角落里
花朵悄悄掉眼泪的事儿

万一这事说出去了
传到蜜蜂的耳朵里

它会像做了亏心事一样
飞回去还给花儿的

1903年，金子美铃出生在日本山口县大津郡仙崎村，这是一个四面环海的渔村，曾经由捕鲸的渔民建立而成，在那里，随处可见山石、潮水、海风、积雪、神社，童年的生长环境与见闻是金子美铃创作的源泉，比如《捕鲸》中“冬天的大海”“狂风卷着雪花”“鲸鱼的血”等意象，《芒草与太阳》中想为昼颜花遮住太阳的芒草……对大自然的敬畏始终贯穿于她的作品中，乡村生活与劳动场景频繁出现在她的童谣中。

《芒草和太阳》

——再长高一点
——再长高一点
芒草伸展身体向上生长着

白色娇嫩的昼颜花
被太阳晒得要枯萎了
芒草想用自己的影子遮住它

——再长高一点点
——再长高一点点
太阳磨磨蹭蹭地不想下山

大大的篮子里
才装了一点点草
割草的小女孩真可怜啊

金子美铃三岁就尝到了丧父之痛，由于家庭缺少劳动力，她的弟弟被姨母和姨夫收养，她一直和母亲相依为命，并长期获得姨母的帮助，他们在大津郡县城里开了一间书店“金子文英堂”，可以说，金子美铃是书店里长大的孩子，从小就有条件徜徉书海。后来，姨母去世，母亲便依习俗改嫁给姨夫。金子美铃与姨夫（继父）的关系非常融洽，但是因为姨夫工作很忙，他们之间始终缺少亲情的联结。童年与少年时期的家庭关系、母亲无私的爱，都可以在金子美铃的童谣作品中看出端倪。我们总能从作品的细微处看到母亲温柔与高大的形象，比如《冬天的雨》中对妈妈的呼唤，以及妈妈在琐事中的爱，《去年的今天》黑烟滚滚中还能看见的妈妈的眼睛，《没有玩具的孩子》中送给他一个妈妈的想象；也总能感受到父亲的缺位，比如她在《女儿节》中提到邻居，在《小松原》《火车道口》《乡村的画》中提到老爷爷，在《日月贝》《渔夫叔叔》中提到渔夫，然而，这些男性形象中却唯独缺少父亲，她在《模仿——没有爸爸的孩子的歌》中仅有的提到“爸爸”，没有爸爸的孩子小声模仿着“爸爸”的呼唤。

《冬天的雨》

“妈妈，妈妈，你看
雨里夹着雪花呢。”

“啊，是啊，雨夹雪呀。”
妈妈做着针线活儿回答道

——下着冬雨的街上
撑起很多相似的伞

“妈妈，妈妈，再过七天
新年就要到了吧？”
“啊，是啊，新年要到了。”
妈妈手里缝着新年的衣裳回答道

——泥泞的街道是一条河就好了
是大海那就更好了

“妈妈，街上有船划过来了。
咯吱，咯吱，摇着橹。”
“好了，我的小傻瓜。”
妈妈头也没抬地说

——我无聊地
把左边的脸贴在玻璃窗上
冷冰冰的

＊＊＊＊＊＊＊＊＊＊＊

《去年的今天——大地震纪念日》

去年的今天，这个时候
我在搭积木
哗啦啦，积木碉堡
一瞬间就倒塌了

去年的今天，傍晚
我坐在草坪上
房屋里，黑烟滚滚
我还能看见妈妈的眼睛
好可怕啊

去年的今天，天黑以后
无数的房屋着火了
那一天，我刚收到的漂亮的衣服
和积木的城堡
统统都被烧掉了

去年的今天，深夜
火光照亮了天上的云层
我被妈妈抱在怀里呢
看到了云层里那轮惨白的月亮

我的衣服是新买的
家里的房子是重建的
可是，妈妈却回不来了
今年，没有妈妈的陪伴
我感到好孤独啊

＊＊＊＊＊＊＊＊＊＊＊

《没有玩具的孩子》

没有玩具的孩子

多寂寞呀
送给他一个玩具
就开心了吧

没有妈妈的孩子
多伤心呀
送给他一个妈妈
就高兴起来吧

妈妈温柔地
抚摸着我的头发
我的玩具多得
箱子里都放不下了

就是这样
还是觉得寂寞
我什么时候才能
快乐起来呢

* * * * * * * * * * *

《模仿——没有爸爸的孩子的歌》

"爸爸，这个可以教教我吗"
小孩子对爸爸
撒娇地说

傍晚回家的路上
没有爸爸的孩子
一个人怯怯地躲在墙角
"爸爸……"
他小声地模仿着
有一点害羞
又有一点不知所措

篱笆墙里
一株白色的木槿树
像是在偷偷地笑呢

金子美铃高中毕业后曾在自家的书店"金子文英堂"当店员，后来又进入姨夫的"上山文英堂"的分店帮忙。在书店的生活，让金子美铃阅读了大量的文艺类书籍，也给了她创作的灵感。1918年，夏目漱石的弟子、作家铃木八重吉倡导为孩子们创作"具有艺术价值的纯丽童话和童谣"，得到了包括芥川龙之介和谷崎润一郎等知名作家的响应。金子美铃在此时将自己的作品投给四家杂志社，竟然被全部采用，而其中三家的童谣栏目是由当时日本著名诗人西条八十主持的，他写道："金子的《海里的鱼儿》和《小木槌》打动我的心。语言和韵律的处理很不足，但似乎有一种融融温情笼罩着整个童谣。在闺秀诗人一个都没有的今天，请照此努力下去。"

《海里的鱼儿》

海里的鱼儿
真的好可怜

庄稼有农民耕种
牛在牧场里吃草
池塘里的鲤鱼有人喂

可是海里的鱼儿
没有人去照料
一件坏事也没做
就这样被我吃掉了

海里的鱼儿
真的好可怜

自此，金子美铃开始涉入诗坛。金子美铃以孩童的视角去看待和表达事物，她天马行空的想象力让她的作品洋溢着瑰丽的幻想与童趣，但往往蕴含着更深刻的思辨与哲理，她的语言晶莹剔透，朗朗上口，充满纯净与童真。她在《喜欢金子的国王》中再现了希腊神话米达斯王点石成金的故事；她的《扑克牌的房子》《猎人》《看不见的城堡》又是从格林童话《爱丽丝梦游仙境》而来。西条八十称赞金子美铃："金子小姐有作为童谣作家最可贵的品质——想象力之飞跃。这一点是别人难以模仿的。"

《喜欢金子的国王》

喜欢金子的国王
他的宫殿是金子做的
国王的手碰了一下玫瑰花
玫瑰花变成了金玫瑰

国王的手抱了一下女儿
公主也变成了金子

国王的手，碰触到的地方
全部变成了金子

但是，那个时候
天空依然是蓝色的

＊＊＊＊＊＊＊＊＊＊＊

《扑克牌的房子》

用扑克牌
盖一座小房子吧
每个房间都用牌的背面铺好
地板的图案很漂亮
用一张方片做电灯

庭院里种着黑桃和梅花的树
风吹过时红心花瓣纷纷飘落

扑克牌的房子
谁会来住呢
让四个国王和四个皇后中
那个最让人讨厌的
黑桃国王和皇后去住好啦

把扑克牌建的小房子
推倒吧
当、当、当，时钟响了五下
拿着笤帚的姐姐走过来了

＊＊＊＊＊＊＊＊＊＊＊

《看不见的城堡》

我在田野和山林里狩猎
天黑了　我带着看不见的随从
回到看不见的城堡

原野上有位看不见的牧羊人
在远处吹着看不见的笛子
呼唤着看不见的羊群

穿过森林
是一座看不见的城堡
金色的窗户里灯光闪烁

我是小小的王子
骑着一匹看不见的马
看不见的马铃叮当地响

美铃在诗坛的名气越来越响，令人意外的是，一直被姨夫隐瞒身世的弟弟竟然爱上了她。为了家庭的和睦，二十三岁的美铃选择嫁给了一个自己不爱的人——书店的另一名店员，随后生下一个小女儿。但是婚后，丈夫不允许美铃继续作诗，她只好将诗文手稿誊清，专心养育女儿。但丈夫却到处寻花问柳，甚至把自己的淋病传给美铃。美铃一直在痛苦中挣扎度日，为了获得解脱，她向丈夫提出离婚。然而，在金子美铃决心带着女儿好好生活之时，丈夫却反悔要与美铃争夺女儿的抚养权。在那个时代的日本，女人离婚后是没有权利获得孩子的抚养权的。前夫“三月十日我过去接房江”的通牒成为压垮美铃的最后一根稻草。1930 年 3 月 9 日，金子美铃一个人去照相馆拍了遗像，平静地看着女儿入睡，把写给母亲、弟弟和前夫的信放在床边，服下了安眠药，二十六岁的美铃结束了自己的生命。她在遗书中对前夫说：“你能给房江的只有钱，而我想把房江培养成一个心灵丰富的人。”她恳请母亲和姨夫好好培育自己的女儿，她鼓励自己的弟弟：“永别了，我心中的最优秀的选手。请勇敢前进吧。”她的以死抗争，最终将女儿的抚养权送到她的母亲手中。

《向着明亮那方》

向着明亮那方
向着明亮那方
哪怕是一片叶子
也要向着阳光洒下的方向
那灌木丛中的小草呀

向着明亮那方
向着明亮那方
就算烧焦了翅膀
也要飞向灯火闪烁的方向
夜晚飞舞的小虫呀

向着明亮那方
向着明亮那方
哪怕只有分寸的宽敞
也要朝着阳光灿烂的方向
住在都市里的孩子们呀

金子美铃的一生虽然只有短短的二十六年，但她却留下了五百一十二首不朽的经典作品。她曾被西条八十誉为“童谣诗的彗星”，是当时日本诗坛最耀眼的明星，然而，离世之后，她的作品一度被人忘却，直到60年代儿童文学研究者矢崎节夫在《日本童谣集》里读到金子美铃的诗，被深深触动。十六年后，他终于找到了金子美铃的弟弟，并获得三本手抄遗稿。1984年，《金子美铃全集》的出版震撼了日本文学界，也震撼了每一位读者，从此，金子美铃的诗歌广为流传，她的多首诗歌被日本的小学语文课本收录，其作品已被多个国家翻译出版。

《积雪》

最上面的雪
一定很冷吧
被冷冷的月光照耀着

下面的雪
一定很累吧
那么多人从上面走过

中间的雪
一定很寂寞吧
看不见高高的天空
也摸不着近处的土地

春之卷

目录

我和小鸟和铃铛

春·之卷

是回声吗

谁来跟我说真话

春·之卷

天空的尽头

星星和蒲公英

夏·之卷

向着明亮那方

天空的颜色

夏·之卷

看不见的城堡

秋天的颜色

秋·之卷

寂寞的公主

忙碌的天空

全都喜欢上

秋·之卷

美丽的小城

冬·之卷

卖梦的人

邮局的山茶花

故事里的王国

冬·之卷

春·之卷

我和小鸟和铃铛

牵牛花的蔓

栅栏太矮了
牵牛花呀
在找可以攀附的地方

朝东往西
到处找
找得好累啊
可是还要找呀

虽然没依靠
依旧恋着太阳
今天又长高了一寸

长高吧，牵牛花
一直向上生长
仓房的屋檐
就在眼前啦

紫云英叶子的歌

花朵被摘下后
会去哪儿呢

这里有蓝天
虽然有云雀会唱歌

可我还是会想
那个快乐的旅者
和风吹去的方向

可爱的小手
在花枝间寻找着
会不会有一只手
也把我摘下呢

如果我是花

如果我是花
我一定会变成一个乖孩子

不会说话
不能走路
我怎么能够淘气呢

可是如果有人来
说我是一朵讨厌的花
我会很生气，会立刻枯萎吧

如果我变成了花
我还是不能成为一个乖孩子
那我还是不变成花那样吧

露珠

谁都不要告诉好吗
清晨院子角落里
花朵悄悄掉眼泪的事儿

万一这事说出去了
传到蜜蜂的耳朵里

它会像做了亏心事一样
飞回去还给花儿的

草的名字

别人知道的草的名字
我一个都不知道

别人不知道的草的名字
我倒是知道好多

那都是我起的名字
给我喜欢的草
取一个我喜欢的名字

大家都知道的名字
肯定也是以前谁取的

草真正的名字
只有天上的太阳才知道

所以我取的名字
只有我一个人在叫

花瓣的海洋

院子里飘落着花瓣
山丘上飘落着花瓣
全日本的天空都飘落着花瓣

请把所有飘落的花瓣
都收集起来
然后撒向大海吧

在一个寂静的黄昏
乘着红色的小船
划向五颜六色的海面

就让这只小船
在花瓣的海洋里
慢慢地
驶向远方的岸边

地里的雨

萝卜地里的春雨
洒在青青的叶子上
发出沙沙的笑声

萝卜地里的雨
落在红色沙地上
悄悄地钻进土里去

我和小鸟和铃铛

我伸展双臂
也不能在天空飞翔
会飞的小鸟却不能像我一样
在地上飞快地奔跑

我用力摇晃身体
也摇不出悦耳的声响
会响的铃铛也不能像我一样
会唱好多好听的歌谣

我和小鸟和铃铛
我们不一样
我们都很棒

玫瑰的根

最先开放的玫瑰花
是一朵大大的红玫瑰
它的根在泥土里想
太美了
太美了

第二年开了三朵
三朵大大的红玫瑰
它的根在泥土里想
又开花了
又开花了

第三年开了七朵
七朵大大的红玫瑰
它的根在泥土里想
最初开的那一朵
为什么不再开了呢

桃花的花瓣

短短的，绿色的春草上
桃树把花儿撒下

枯黄的，寂寞的竹墙边
桃树把花儿撒下

潮湿的，黑土的田间
桃树把花儿撒下

太阳公公
高兴地呼唤着花神
（你从春草上、竹墙边、田间
慢慢长出来吧）

春天的织布机

咚、咚、咚隆、咚
从前掌管春天的佐保女神
开动了织布机

把麦子织成绿色
把油菜花织成黄色
把紫云英织成红色
把云雾织成白色

五种颜色的丝线
已经用了四种
剩下的都织成了蓝色

咚、咚、咚隆、咚
佐保女神
用它织成了蓝色的天空

百合花岛

只有我一个人知道
那个遥远、遥远的小岛
我经常在学校的白杨树下
画那小岛的地图

虽然清扫后岛就会消失
每次画得又都不一样
但湖水总是画在岛的正中央
宫殿总是建在湖岸边上

住在宫殿里的是一位皮肤雪白
散发着迷人香味
穿着透明绿色长纱裙
头上戴着金色的皇冠的公主

白色的百合花开满小岛
天空都弥漫着花香
这些长在悬崖上的花
即使船靠岸也摘不到它

在学校的白杨树下
我经常画这样的地图

我一点不厌倦，每一次
都画“百合花岛”的地图

杜鹃花

一个人
在小山上
吸着红色杜鹃花蜜

春天里
晴朗的天空一望无际
我是一只
小小的蚂蚁

吸着杜鹃花蜜
我是一只
黑色的小蚂蚁

橙子林

橙子林里的橙子树
都被连根拔起
很快这里就会变成一块农田

不知道
这里会种些什么
种了茄子就不能荡秋千了
（也许瓢虫可以）
种了豆子就不能爬树了
（也许杰克的豌豆可以）

橙子林里的橙子树
和它绿色的果实一起
都被砍伐了

又少了一个
最爱玩耍的地方

桂花灯

点亮房间里红色的灯
玻璃窗外的桂花灯
也在繁茂树叶中亮了
和房间里一样

夜里人们都睡着了
叶子们围着那盏灯
说说笑笑
还一起唱歌

就像我们
在饭后做的事情那样

关上窗户睡觉吧
我们醒着的时候
叶子们都不说话了呀

橙花

每当我伤心哭的时候
总会闻见橙花香

我在这里赌气
很久也没人来找我
我已经看腻了
小蚂蚁从洞里
不停地爬进爬出

院墙里
仓库中
传来阵阵开心的笑声

一想起就又哭了起来
这时候
我又闻到了橙花香

山樱花

樱花，樱花，山樱花
把它插在头上
我就是山神公主

樱花，樱花，山樱花
站在那棵树下
山神公主就在树下

樱花，樱花，山樱花
给我跳个舞吧
山神公主对它说

樱花，樱花，山樱花
花瓣们轻轻地跳起了舞蹈
跳给山神公主看呢

樱花，樱花，山樱花
头顶的樱花飘飘落下
在跑回家的山路上

极乐寺

极乐寺的樱花
是多瓣的八重樱
我刚出去买东西时看到了

穿过小巷
在第四个拐角
我偷偷地瞥了一眼

极乐寺的樱花
是那种土樱花
它落在地上也会开花

带着妈妈的海带饭团便当
我要去看樱花啦

两棵草

两粒草籽是好朋友
它们约定：
“我们一定要在一起发芽
一起去看看外面的世界”

可是，一个已经露出头来
另一个却还在土里睡着
后一个出来的时候
前一个已经长得高过了头

蛇莓草高高的
在秋风里摇曳左顾右盼
寻找着自己的好朋友
没留意到自己的脚下
老鹳草开出了小花

草山

躺在山坡上的草丛里
听见了许多有趣的声音

“七天没下雨了
我好渴呀”
黑土在自言自语

“白云真美啊
很想摘一朵下来”
这是小蕨菜芽的梦想

“天气多好啊
出去转转吧”
“我去，我去
我也想一起去”
茱萸、野芝
都想出去晒太阳

春天的草山
可真是热闹啊

是回声吗

橡子

在橡子山上拾橡子
放进帽子里
装进围裙里

下山啦
帽子碍事啦
害怕摔倒呢
橡子扔掉了
帽子戴上了
到了山脚下
野花开遍了田野

采花啦
围裙好碍事啊
只好把橡子全扔啦

麦芽

春天
农民把麦种播在地里

每天晚上，夜空降下霜
每天早晨，太阳都会把霜融化
麦地还是湿漉漉的一片

一天晚上有人来了
他挥了三下拐杖，说：
“孩子们，孩子们，快出来吧！”

第二天早晨
启明星和农民一起发现
地里到处都长满了麦芽

是回声吗

我：“我们一起玩吧”
它：“我们一起玩吧”

我：“你是大笨蛋”
它：“你是大笨蛋”

我：“我不和你一起玩了”
它：“我不和你一起玩了”

这样玩了一会儿
我觉得很寂寞

我：“对不起”
它：“对不起”

是回声吗
不，它谁都不是

没有玩具的孩子

没有玩具的孩子
多寂寞呀
送给他一个玩具
就开心了吧

没有妈妈的孩子
多伤心呀
送给他一个妈妈
就高兴起来吧

妈妈温柔地
抚摸着我的头发
我的玩具多得
箱子里都放不下了

就是这样
还是觉得寂寞
我什么时候才能
快乐起来呢

树叶宝宝

月亮说：
睡吧，睡吧
我给它轻轻地披上月光
给它哼唱一首摇篮曲

风儿说：
起床啦！起床啦
东边的天空泛亮时
我摇晃着树枝把它叫醒

小鸟们是白天的守护者
大家一会儿唱歌
一会儿在树枝间飞进飞出

可爱的树叶宝宝
每天吃饱了雨露就睡觉
睡着睡着就长大啦

鱼的春天

海草吐出新芽
海水一片碧绿

天空里
一定也是春的国度
偷看一下便眼花缭乱

飞鱼叔叔掠过天空
洒下一片光辉

快来呀
咱们捉迷藏
藏到嫩海草的影子里

鸟巢

小鸟，小鸟
你用什么筑巢呢

用稻草和麦秆筑巢

小鸟，小鸟
可是那些都跟你不相配

那该用什么东西筑巢呢

用像你羽毛一样的绿丝线
像你眼睛一样的黑丝线
像你嘴巴一样的红丝线
用这三种颜色的蚕丝线
编织起来筑巢吧

蚕宝宝

小小的箱子里
睡着我的蚕宝宝

玩具人偶虽然可爱
却不会说话
也不能动

蚕宝宝吃着桑叶
发出好听的沙沙声

等它们结出七个肥肥的茧
抽出七股银亮亮的丝

就用它织一件小女孩穿的
彩虹色的衣裙吧

挤在一起吃着桑叶的
是我可爱的蚕宝宝

折纸游戏

红色的四方彩纸呀
用它变个戏法吧

在我的手指里
先变一个虚无和尚

转眼间又变成鲷鱼尾
看呀看呀，它正欢快地游呢

鱼游上来又变成小帆船
它要扬帆驶向哪里呢

船帆落下变成了连体船
一同驶向世界的尽头

再变成小风车
轻轻一吹就转起来啦

再变又变成一只小狐狸
接下来要变成什么呢

变成纸片吧
变成了原来那张四方彩纸吧

真是神奇的彩纸呀
真是好棒的戏法呀

小女孩和小男孩

红色的传单满天飞
绿色的传单满天飞
春天的街道上
落满了红红绿绿的传单

一个小女孩
拾起一张红色的传单
折成一个小玩偶
放在石头上
轻轻地哼起了摇篮曲

一个小男孩
捡起一张绿色的传单
飞快跑回家
一路喊着电报、电报

玫瑰小镇

绿色的小路
沾满了小小的露珠
小路的尽头
有一座玫瑰小屋

风儿一吹
就会摇摇摆摆的玫瑰屋
随风摇摆就花香四溢的玫瑰屋

窗户里，玫瑰精灵
张开小小的金色翅膀
和邻居说着话

我去轻轻地敲门
窗户和玫瑰精灵都消失了
只剩下花儿在风中轻轻地摇啊摇

这个玫瑰色的清晨
我拜访过的玫瑰小镇

那天
我是一只小蚂蚁

日历和时钟

因为有日历
人们忘记了是哪天
看过日历
才知道已经是四月了

花儿没有日历
也记得自己的日期
聪明的花
总是在四月开放

因为有了钟表
人们忘记了时间
看一眼钟表
才知道已经到了四点

动物没有钟表
也知道时间
聪明的公鸡
总是在四点啼叫

魔杖

春日和煦的河畔
玩具店的老板
正在睡午觉

躲在远处的柳荫里
我轻轻一挥魔杖
店里的玩具们就都活了

橡皮的鸽子
从窗口飞出来
纸糊的老虎
发出低沉的吼叫
……

看到这样
玩具店老板醒来后
会是什么表情呢

留声机

大人们一定是觉得
小孩子不需要想事情的

所以当我划着我的小船
好不容易才找到一个小岛
当我正要穿过小岛的城门时
大人们突然打开了留声机

我不想听那些声音
我想让我的故事继续下去
可是歌声悄悄地钻进我的耳朵
偷走了我的小岛和城堡

气球

拿气球的孩子
站在我身边
就像我拿着一样

嘀的一声笛响
庙会散去的后街上

红气球
白月亮
挂在春日的天空上

拿气球的孩子不见了
我开始寂寞了

红鞋子

天，昨天今天都很蓝
路，昨天今天都很白

水沟边的花开了
开了朵小小的繁缕花

小男孩儿穿着新春衫
一步、两步开始学走路

迈出一步就得意地笑
笑着笑着，笑出了声

穿着新买的红鞋子
向前走吧
春天来啦

夜

天黑了
夜色给群山、森林
小鸟儿和小草们
还有可爱的红色花朵
都穿上了黑色的缎子睡衣
唯独我没有

我的睡衣是白色的
云朵一样的洁白
是妈妈给我穿上的

女孩

作为一个乖巧的女孩子
是不可以爬树的

骑木马的女孩子
那是个疯丫头
如果，再打木陀螺的话
那就更不行了

我就知道
无论我玩什么
都是要被大人们训斥的

睡衣

时钟敲响晚上八点
妈妈给我换上睡衣

雪白雪白的睡衣
穿着入睡
做的梦都是白色的

要是穿着白天的小花衣服
会不会做一个小花的梦
穿着带蝴蝶的衣服
会不会做一个蝴蝶的梦

可是，妈妈给我穿上的
是雪白的睡衣
我还是乖乖地穿上吧

仙人

食花的仙人
升天了
这个故事就结束了

我也吃了花儿呀
绯红的桃花有一点苦
紫云英花有一点涩

我想
是不是吃了花儿
有一天我也会飞起来
然后我又吃了一朵

女儿节

女儿节到了
我什么礼物都没有

邻居家的玩偶那么美
可那是人家的东西

我和我的旧玩偶
两个人一起吃菱糕吧

大字

用寺庙里
最大的一支毛笔
请谁来写几个大字呢

在东方的天空上
大大地写上
“儿童王国”

刚刚升起的月亮看到后
一定会大吃一惊
吓得打个嗝儿

买零食

没有告诉妈妈
我偷偷地去买零食了
每次路过食品店
我都是走过去
又走回来
犹豫着要不要走进去

说着东京方言的老板娘
会做许多好吃的点心
一枚银色的硬币
在我手心里
都攥出汗了

全世界的国王

把全世界的国王们
都召集起来
对他们说
今天可真是一个好天气呀

宫殿太大了
他们相互都不太认识呢
也不会知道有这样的好天气吧

把全世界的国王们
都召集起来
比他自己当上国王
还要高兴呢

单脚跳着走路的孩子

单脚，单脚跳
单脚跳着走路的孩子

手里提着穿破的草鞋
在麦田间的小路上单脚跳着走

跳起来能看见远方的河流
还有田埂上的蚕豆花
麦子仿佛也随着他一起跳动

路边的紫云英开了
油菜花也盛开了

他左边摘花，右边摘花
手里的破草鞋有些碍事了

破草鞋还要吗
还是扔掉吧

单脚，单脚跳
单脚跳着走路的孩子

谁来跟我说真话

擦玻璃

爬上窗子擦玻璃

擦着擦着
忽然看见教室的桌子长草了
有人光着脚在拔草

草丛后面的黑板前
有人在往上面涂着墨汁

刚涂过墨汁的黑板上
开满了山樱花

对面的河堤上
有一个小姑娘背着孩子
向花丛里走去了

倒映在玻璃上的影子，没人知
看影子的我，也没有人知

明亮的家

开满樱花的小山坡上
有一个明亮的家

从早到晚
房间里洒满了阳光

粉红色的墙壁上
挂着一幅彩虹和天使的画

那里的玩具
跟玩具店里一样多
我知道玩具的数量
它们的名字我都知道

因为这是我的家
因为这是我的家呀

金米糖的梦

金米糖
做了一个梦

在春天的乡下
在糖果店的玻璃瓶里
做了一个梦

金米糖梦见自己
坐着玻璃做的小船
穿过大海
驶向大海尽头的天空
变成了星星

谁来跟我说真话

谁来跟我说真话呢
告诉我关于我的事
有个阿姨夸奖我
眼睛却笑眯眯

谁来跟我说真话呢
问花，花儿摇摇头
也难怪，花儿长得那么美

谁来跟我说真话呢
问小鸟，鸟儿飞走了
一定是我问了不该问的话
所以它一生气飞走了

谁来跟我说真话呢
不好意思问妈妈
（我是一个害羞的乖孩子）

谁来跟我说真话呢
把我的事情告诉我呀

吵架之后

吵架后就变成一个人了
一个人在家里
这榻榻米上
好孤独

根本不是我的错呀
是她找碴儿吵架的
可是，可是
我还是觉得孤独

我的布娃娃
它今天怎么也孤独呢
抱抱吧，可是
我还是觉得孤独

杏花，三三两两
从空中飘落
这榻榻米上
好孤独

隔扇门上的画

这里是一片沉睡的森林
被邪恶的仙女施了咒
一片沉睡的森林

戴着红色帽子的啄木鸟
站在侧柏树上啄树干
却睁着眼睛睡着了

盛开的樱花树旁
展翅欲飞的两只绣眼鸟
也睡着了

花儿睡着了，忘了凋谢
风儿睡着了，没有声息

这里是一片沉睡的森林
永远沉睡的森林啊

白昼的梦

云的影子
从一座山头
飘向另一座山头

春天的小鸟儿
从一棵树上
飞到另一棵树上

孩子的目光
从这片天空
飘移到那一片天空

悠长的白昼梦啊
延伸到比天空
还要更高的天空里

井边

妈妈在洗衣服
我一下发现
洗衣盆里的肥皂泡上
映着那么多个小小的天空
还有那么多个小小的我

我还可以变得这么小
变得这么多啊
好像我施了魔法

玩一个有趣的游戏吧
吊桶的绳子上落了一只蜜蜂
我也想变成蜜蜂和它一起玩

忽然我就不见了
妈妈不要担心呀
我在这的天空上飞一会儿

天空这么蓝
轻抚着我的翅膀
多么舒服呀

飞累了就落在石竹花上

一边吮吸花蜜
一边听花儿们说话

如果不变成小蜜蜂
就听不懂的故事
我一直听到傍晚呢

我好像变成了蜜蜂
在空中飞舞
我真的好开心呀

金鱼

月亮呼吸的时候
呼出的是
让人怀念的柔和的月光

花儿呼吸的时候
呼出的是
淡淡的迷人的花香

金鱼呼吸的时候
呼出的是
一颗颗美丽的宝石
就像童话里那个可怜的
公主一样

小牛犊

在铁道口
大家一起数火车
一二三四
五六七八
第八节车厢里载着小牛犊
车厢里全是小牛犊
它们会被卖到哪里去

晚风冰凉的铁道口
大家一起望着货车远去
它们晚上怎么睡觉呢
牛妈妈又不在身边
小牛犊会被卖到哪里去
究竟会到哪里去

燕子妈妈

“嗖”地飞出去
转了一圈
马上飞了回来

“嗖”地飞出去
画了一道弧线
又马上飞了回来

“嗖”地又飞出去
去了不远的巷口
又马上飞了回来

飞出去
又飞回来
它总是在担心什么呢

留在窝里的
燕子宝宝们
总是让妈妈牵挂着

麻雀的家

春天来了
麻雀的家里
房檐上小草长出来了

刚刚出壳的小麻雀
还不会说话
握紧自己的小爪子
低着头
滴答滴答地流眼泪

麻雀爸爸
在河边，买了赏花的衣裳
麻雀的妈妈
在河边，买了赏花的年糕

就是这样
小麻雀还是
滴答滴答地流眼泪

卖鱼的阿姨

卖鱼的阿姨
你把头转过去吧
我正在给你头上插一朵樱花

你看你的头上
没有玳瑁做的簪子
也没有星星一样亮的发卡
什么都没有

现在你照着镜子看看
你的头上有了
比舞台剧里公主的头饰
还要漂亮的花朵
是我让山樱在你的发间开花了

卖鱼的阿姨
快把头转过去吧
我正在给你头上插一朵美丽的樱花

红色自行车

红色的自行车
行驶在麦田中间的小路上

骑着自行车的
是穿着黑色制服的邮递员

在这安静的村庄里
他要去哪一家
去送什么消息呢

红色的自行车
驶过路边
这一片片麦田

梦和现实

如果梦是现实
现实是梦
那该多好呀

梦里什么规则都没有
要是那样该多好啊

白天之后就是黑夜
我却不是尊贵的女王

月亮不能伸手摘下来
人也住不进百合花里

钟表的时针向右转
人死了也不能复活

如果没有这些规则
那该多好啊
如果现实出现在梦中
那该多好啊

街

走过，走过
春天的街道
走过，走过
笔直的街道

马车、人力车
汽车和自行车

走过，走过
白色的道路
走过，走过
就横着过去吧

乞讨的小孩子
和炊烟的影子
一起走过去

汽车

汽车开过来
车窗上
映着我的影子

汽车开过去了
我的影子
也消失了

春日黄昏的云朵下
在远远的
小镇的尽头

开过去的汽车
你的车窗上
此刻映着谁的影子呢

滚铁环

穿过那条街
穿过这条街
推着铁环嘎啦嘎啦

超过一辆人力车
超过两辆马车
推着铁环嘎啦嘎啦
超过第三辆时
就把小城甩在了身后
向着城外嘎啦嘎啦

田间的小路
通向天空
铁环嘎啦嘎啦
推向天边

太阳下山了
把铁环扔在晚霞里
独自跑回家

海面上升起的星星
戴着铁环
天文台的博士
被吓到了
“快点看，新发现
天上又多了一颗土星”

紫云英的歌

花儿摘下后
它们去了哪里呀

这里有蓝蓝的天空
还有会唱歌的云雀们

那个快乐的旅人
跟着风儿走了

寻找美景的旅人
把摘下来的紫云英
放在她温柔的手掌里

有没有一双手
也将我摘下

春之卷

天空的尽头

云

我想变成一朵云
又松又软飘在蓝天上

这头那头看够了风景
晚上就跟月亮捉迷藏

玩腻了就变成雨
跟雷公结个伴
一起跳进寺庙的池塘里

风

天空的牧羊人
我们看不到

被风一直追赶的羊群
傍晚向着旷野的尽头
渐渐地聚集

天空的牧羊人
我们看不到

夕阳把羊群
染红了
远方传来一阵阵笛声

鸢

鸢在空中
画了一个圆圈
它在那个圆圈里
找着什么呢

透过圆圈望向大海
大海里游着十万沙丁鱼
透过圆圈望向大地
洞里藏着一只小老鼠

鸢在空中
画了一个圆圈

透过那个圆圈抬头看
我看到了
白日里的一弯月亮

早春

皮球
飞过来
孩子在后面追

风筝
在空中飞舞
海上传来汽笛

春天
悄悄地来了
今日的天空蓝蓝的

心
浮动着
天上的白月亮

踏步

蕨菜叶一样的云飘过来
春天来到了天空中

我一个人望着蓝天
一个人踏步走

我一个人踏步走
一个人笑起来

我一个人笑起来
别人也跟着笑起来

枸橘树篱发了芽
春天也来到了小路上

小松原

小松原上
松树越来越少了

伐树的老爷爷
正在锯着一棵巨大的松树

伐树的时候
远处的大海上，白帆船若隐若现
海鸥在波涛上飞翔
云雀在天空中欢唱

海上，天上，都是春天了
松树倒下了
伐树的老爷爷
为什么却显得很寂寞

小松原上
到处都在建新房子
松树却越来越少了

无人岛

我被巨浪
冲到一个无人岛上
我是那个可怜的鲁滨孙

孤独寂寞的一个人
站在沙滩上
遥望远方的海面

海水蓝蓝的
连朵像船一样的云都没有
今天又是寂寞的一天
放下回家的想法
还是先回到岩洞里睡会儿吧

（哎呀，那是谁呢？有三五个穿着泳衣的小孩子）

故事读到一百页
鲁滨孙回到了他的家乡

（爸爸午睡刚醒来，冰好的西瓜刚刚切好）

真高兴啊
鲁滨孙
你快回家去吧

早晨和夜晚

早晨从哪里开始
从东方弹出头
转瞬间跃上天空
静静地降临于城市
树林里，地板下
都要在太阳出来前照顾到

夜晚从哪里开始
从地板下，从树林里
陆续起身
忽地一大片笼罩在窗外

就算夕阳已经西下
也要把光亮射向云端

水、风和孩子

在天地间
轱辘轱辘转圈的
是谁呀
是水

绕着全世界
轱辘轱辘转圈的
是谁呀
是风

围着柿子树
轱辘轱辘转圈的
是谁呀
是想吃柿子的孩子们呀

野火与蕨菜

山里的蕨菜籽
迷迷糊糊地做了一个梦

梦见一只红翅膀的大鸟
在天空中飞翔

山里的蕨菜籽
从梦里醒来了
在春天的早晨伸出小拳头

山里孩子的梦

大山深处的温泉小镇
旅馆老板家的女儿
做了一个梦
她梦见了美丽的大海

圆圆的太阳
升在海面上
红色的波浪上面
飞着金色和银色的海鸥

醒来后
她觉得好孤单啊
那只是手提箱里的
一把舞扇上的风景

天空和海

春天的天空在发光
像丝绸一样发着光

为什么，为什么
会发光
天空深处的星星
在闪烁

春天的大海在发光
像贝壳一样发着光

为什么，为什么
会发光
大海深处圆圆的珍珠
闪烁着白亮的光

海边的石头

海边的石头
像玉一样
都又圆又滑

海边的石头
像飞鱼一样
扔进海里它能划过浪尖

海边的石头
会唱歌
与海浪一起从早唱到晚

海边的石头
都很可爱
海边的石头
也都很伟大
他们一起拥着大海

麻雀和罂粟花

小麻雀死了
罂粟花
正红艳艳地开着

它还不知道
可别让它知道了
悄悄地从它身边走过吧

万一罂粟花
听到这个消息
会难过得马上枯萎的

一个接一个

月下玩踩影子的时候
大人呼唤：该回家睡觉啦
（多想再玩一会儿呀）

回家睡觉时
能做各种各样的梦

正做好梦的时候
却被大人叫醒：该上学啦
（不用去上学就好了）

但是去了学校
会有许多小伙伴一起玩耍

大家一起玩跳房子的时候
上课的铃声响了
（要是不用上课就好了）

但是听老师讲了许多的故事
也还是很有趣的啊

别的小孩子也这样想吗
是不是会和我一样

船之歌

我曾是一艘年轻的船
热闹的入水仪式
五彩旗飘扬着

第一次出海的时候
大海的波浪，起起伏伏
仿佛在我面前虔诚地叩拜

我曾是一艘坚韧的船
风暴，波涛，涡潮
它们越是汹涌我就越勇猛

堆积如山的鱼儿银光闪闪
返航的时候
有如一个凯旋的勇士

如今我老了
成了一艘悠闲的摆渡船
岸上茅草屋边的向日葵
它转头的时候
我总是半梦半醒
一边打盹儿一边回忆往事
都是以前的旧事

海的尽头

云是从那里涌出来的
彩虹也是从那里长出来的

我真想有一天能坐着小船
去海的尽头看看

太遥远了，天黑了
什么都看不见了

就像去山上摘红枣那样
真想去海的尽头
摘一筐美丽的星星啊

天空的尽头

天空的那头
会有什么呢

雷雨云不知道
太阳公公也不知道

山和海都会说话
人也会像鸟儿一样

天空的那头
是一个神奇的国度

乡村的街和飞机

因为飞机从天空上飞过
村里的人们都出来看飞机了

食品店里空旷无人
理发店里的椅子也空空的

大家张着嘴
看着那春天的天空

像一群鸟飞过
撒下的传单在风中飞舞

我家的后院
传单像樱花一样
随风飘落

飞机飞走了
村里的人还在张着嘴
望着天上发呆

两个小箱子

红绢的、丝绸的、甲斐绸的
好看的碎布头一整箱
白色的、黑色的、绿色的
亮晶晶的玻璃珠一整箱
这些都是我的呀

等有一天
小哥哥当上船长
就把这两个箱子交给他
这些都是我的呀

小船要行驶几千公里
去小人国岛上做交易
回来时甲板上堆满了宝物
这些都是我的呀

我在明亮的走廊上
摆满了一排排小布头
哗啦哗啦地数着玻璃珠
这些可都是我的呀

杉树和杉菜

一棵杉树唱着歌说

我看到了
山的那边是海
海面上漂浮着三个
像蝴蝶一样的白帆

一棵杉树唱着歌说

我看到了
山的那一边
有一个很大城市
古铜猪喷泉正喷着水

一棵杉树下的杉菜
唱着歌说
什么时候我才能长到你们这么高
也能看到远方的风景呢

小小的故乡

小人偶，小人偶
我好想去一次你的故乡呀

你故乡的草屋顶
或许只有我手掌这么大吧

那里会有紫云英花开吧
你摘它们吗

紫云英花摘着摘着
天就黑了
小小的月亮会爬上来吧
小人偶，小人偶
你故乡的春天
连我都觉得很羡慕呢

当我的大房间变得冷清的时候
当大花猫吓唬我的时候
我是多么想念你呀

夏·之卷

夏 · 之 · 卷

星星和蒲公英

夏天

夏天晚上不睡觉
早上又不想起床

夜里我睡着了
夏天还没有睡
早上我叫醒牵牛花的时候
夏天还没有醒

清清凉凉的
清清凉凉的
微风拂过

雨后

日阴下的叶子
爱哭鼻子
无声无息地留着眼泪

阳光下的叶子
扬着笑脸
眼角的泪珠就快干了

日阴下的叶子
爱哭鼻子
谁有手帕快借给它吧

葫芦花

知了不叫了
傍晚的时候
开着一朵，仅仅一朵

一圈一圈，松开旋钮
就要绽放的绿色的花蕾
小小的，仅仅一朵

哦，此刻
神仙正在里面睡觉呢

奇怪的事

奇怪得不得了
从乌云里落下的雨
怎么会闪着银光

奇怪得不得了
吃的是绿色的桑叶
怎么会变成白色的蚕宝宝

奇怪得不得了
谁都没有碰过的葫芦花
怎么会自己“啪”地就开了花

奇怪得不得了
怎么我问谁谁都笑着说
那是当然的啦

星星和蒲公英

在蓝天的尽头
白天的星星肉眼看不见
像是大海里的小石子
在夜晚来临前沉入海底

虽然看不见，它却在那里
就算看不见，它还是在那里呀

枯萎的蒲公英
它顽强的根肉眼看不见
默默地躲在瓦砾中
一直到春天来时

虽然看不见，它却在那里
就算看不见，它还是在那里呀

大殿前的樱花树

官府庭院里的八重樱
没有开花
年轻的官员
向全城人发布了悬赏令

满是绿叶的八重樱树下
一个武士挥舞着利剑说：
“再不开花，我就砍掉你”

城里的舞女说：
“看我跳舞
你一定会笑着开花的”

杂技师说：
“牡丹、芍药、芥子花
都会在这棵树上开出美丽的花”

八重樱说：
“我的花期已经过去了
等到下一个春天
当你们快要忘记我的时候
我就会开花啦
那是我自己的花”

瘦小的树

森林角落里的一棵树
对小鸟说："美丽的知更鸟，
到我的树枝上来玩吧。"

傲慢的知更鸟
站在另一棵树上叫道：
"你没有好吃的红果子，
又没有好看的花
瘦小的树呀
你不配邀请我这个森林女王啊！"

（不知是谁听了这些话，
飞到天上报告去了）

傲慢的知更鸟
傍晚再飞来时
它惊奇地发现
瘦小的树梢上
一颗金色的果子在闪闪发光
（圆圆的，就像十五晚上的月亮）

野蔷薇

白色的花朵
开在刺丛中
“喂，你很疼吧？”

微风
想跑过来帮它
花瓣却轻轻地
凋落了

白色的花瓣
落在地上
“喂，地上很凉吧？”

太阳公公默默地照过来
让它取暖
白花瓣变成了茶色
枯萎了

牵牛花

蓝色的牵牛花
朝着东边开
白色的牵牛花
朝着西边开

一只小蜜蜂
飞过两朵花

一个太阳
照耀着两朵花

蓝色的牵牛花谢了
白色的牵牛花也谢了

故事结束了
那就再见吧

茅草花

茅草花，茅草花
洁白洁白的茅草花

傍晚的河堤上
我想要拔一株茅草花
不要，不要
茅草花摇着头

茅草花，茅草花
洁白洁白的茅草花

傍晚的风里
飞吧，飞吧
飞到天上
变成一朵白云吧

芝草

它的名字叫芝草
却没有人这样叫过它

它真是太无聊了
个子不高
可生命力那么顽强
长得遍地都是
竟然跑到路中央来了

我用尽力气
也拔不掉
这坚韧的小草啊

紫云英开出红色的小花
紫花地丁叶子鲜嫩
簪子花可以插在头上
京雏花可以做成笛子
吹奏一段美妙的曲子

如果原野上
生长的都是这些花草
我们玩累了
又该坐在或躺在哪儿
让人欢喜的
却是那绿绿的
坚韧而柔软的芝草

桃

一、二、三
扑上去

摇啊摇啊，用力摇
桃树枝

桃树枝就在我上面
左手还是右手
用哪只手抓住它呀

一、二、三
跳下去

桃树枝
又回到原来的样子

那个桃，那个桃，可真高啊
那个桃，那个桃，可真大呀

莲花

花开了
吐蕊了
寺庙的池塘里
开满了美丽的莲花

花开了
吐蕊了
寺庙的院子里
小伙伴们在一起玩耍

花开了
吐蕊了
寺庙外面的街道上
人来人往的
好热闹

桑葚

吃着绿绿的桑叶
蚕宝宝
变成了白色

吃着红红的桑葚
我的皮肤
却被太阳晒黑了

聪明的樱桃

一只聪明的樱桃
在树叶底下自言自语
“等等！我还是只青果
你们这些无知的小鸟
吃我会肚子痛
藏在这里，我安然无事”
它藏在叶子后面
鸟儿发现不了它
太阳也晒不到它

不久樱桃熟了
它在树叶底下自言自语
“等等！我是这树结的果
这树是老农夫种的
你们这些可恶的鸟
休想吃到我。”
农夫背着筐来了
樱桃藏了起来
农夫没有摘到

又有两个孩子走过来
樱桃自言自语
“等等！他们是两个人

我是一只樱桃
不能让他俩为我打架
我在这里，不会掉在地上。”
半夜里它掉在了地上
一只黑色大皮鞋

把聪明的樱桃踩个粉碎

莲和鸡

池塘的淤泥里
开出一朵朵莲花
这不是莲的功劳

从鸡蛋里
孵出一只小鸡
这不是小鸡的功劳

我发现了
这个小秘密
其实
这也不是我的功劳

鹎越

鹎越的绝壁上
一群蚂蚁大军
前来讨伐

被攻击的平家军
是我扔掉的一个梨核儿

山顶茶馆的午后
有风吹过
松叶微微地摇摆
蝉鸣阵阵传来

蚂蚁大军们
很快就一举拿下
梨的城堡

雨中的五谷祭

一场大雨后
五谷祭的夜色深了
天空中闪着几颗星星

空旷的街道上
一片泥泞里
映着明明灭灭的灯笼

远远地听到
汽车驶过的声音
就像一阵风刮过去

天空上闪烁的星星
一颗、两颗、三颗
越来越多了

不知谁家的灯笼
又熄灭了一盏

大大的篮子

篮子，篮子
大大的篮子
走到广阔的郊外
把艾草装满
这个孩子，那个孩子
都是城里来的孩子

但是城里的孩子不知道
生长在田野里的艾草
都是被乡下人摘下来
卖到城里去了啊

已是端午节
春天好像还很浅似的
艾叶，只有一点小芽
摘下来，它就枯萎了
摘下来，它就枯萎了

篮子，篮子
大大的篮子
这个孩子，那个孩子
他们都好快乐啊

夏夜

天黑了
天空依旧明亮
是星星们在吹口琴呀

天黑了
依旧明亮的街道
一辆马车扬起一股尘土
踢踏踢踏地跳舞一般驶过

天黑了
依旧明亮的大地升起烟花
红色的火球轻轻飘散

鱼市场

海峡里
晚潮翻卷着海浪

黄昏中
天边传来阵阵轰鸣声

市场上
人都散了
从海峡那边飘来一片黑云

要下雨啦
孩子们，你们在哪里？
是谁在偷偷地窥探
秋刀鱼颜色的天空呢

黄昏中
一群鸟儿安静地飞过

星期天的早晨

黑色的西装
和爸爸一起
到圆顶的教堂去了

白色的围裙
和妈妈一起
在十字街头卖报纸呢

夏天来了
天空蓝蓝的

教堂圆圆的屋顶上
昨天飞来的燕子
正在上面东张西望着

光的笼子

我现在是一只小鸟

在夏天的树荫下
光织的笼子里
被看不见的人养着

我把会的歌
全都唱一个遍
因为我是一只可爱的小鸟

光的笼子
很容易会破坏
只要我用力张开翅膀

可是我很乖
我是被养在笼子里
会唱歌的好心肠的小鸟

萤火虫的季节

又到了
萤火虫的季节

用新的麦秆
编个装萤火虫的小笼子吧
沿着小路编啊编
一直向前走

鸭跖草开着蓝色的花
露珠在阳光下闪着亮光
光着脚踩啊踩
一直向前走

向着明亮那方

一家楼房的钟表

太阳升到了
天空的中央
慵懒的钟表
又迟到了
正一点点地
对着太阳调时间

村里一家楼房的钟表
整天不是打盹儿
就是伸懒腰

花的名字

书里有许多花的名字
我却不认识那些花

城市里
看到的都是人和车辆
大海上
看到的是船只和波浪
港口总是冷冷清清的

在花店的花篮里
会看到一些漂亮的花
可我却不知道它们的名字

跑去问妈妈
妈妈说在城里待久了
已经忘记了
总是觉得很寂寞
我要把娃娃、书和皮球全扔掉
我现在就要去做

我要飞跑在乡间的草地上
去认识各种花
要是能和它们做朋友就太好啦

女王

如果，我是女王
我要把全国所有的点心店老板
都召集起来
我命令它们马上给我建一座
用点心做的城堡

我坐在宫殿里高高的王位上
一边吃着各种饼干
一边颁布各种法令

我要颁布的第一条法令是
“家长不许让小孩子一个人在家，要陪着他们”
这样，全国的小孩子
就不会像我一样寂寞了

然后，我还要颁布一条法令
“住在我的国家的孩子
他们的皮球，都不能比我的大”
如果真的执行了
我也就不想要更大的皮球了

猎人

我是一名小猎人
一个神枪手

猎枪是杉木做的
子弹就挂在树枝上

绿色的枪扛在肩上
走遍山岗和森林里的小路

我是善良的猎人
在其他猎人到来之前
抢先向鸟儿射出一颗绿子弹

绿色的子弹打不疼
鸟儿只是吓得四处飞去

小鸟也许会生我的气
可是我却很高兴呢

我是一名小猎人
一个神枪手

绿色的枪扛在肩上
走遍山岗和森林里的小路

涂鸦

听着
下雨的声音
望着
墙上的画儿

不知是谁
什么时候
画在上面的
好像我画的一样

糟糕的空气中
有药水的味道
温暖的火炉边
只有我一个人

静静地盯着
墙上画里那个
歪着脸的小女孩

我的头发

我的头发
为什么又黑又亮呀
那是因为妈妈
经常抚摸它呀

我的鼻子
为什么塌塌的
那是因为我
总是用力捏它

我的小围裙
为什么白白的
那是因为妈妈
总是洗得很干净

我的皮肤
为什么黑黑的
那是因为
我最爱吃黑黑的煎豆呀

衣袖

穿上宽袖子的夏衣
我好开心呀
就像要出门做客一样

葫芦花
灿烂地在后门外开着
我偷偷地跳着舞
拍拍手，再摆摆手
生怕被别人看到了

闻着袖子上
靛蓝染料新鲜的味道
好开心啊

魔术师的手掌

从桃子里变出桃太郎
从甜瓜里变出甜瓜公主

从鸡蛋里变出可爱的小鸡
从种子里变出树芽

从群山里变出太阳
从大海里变出云岭

白鸽子也是从魔术师的
手掌里变出来的

难道我也是
从哪个魔术师的
手掌里变出来的吗

纸拉窗

房间的纸拉窗
像一栋楼房

洁白的墙壁
伸向天空十二层
一共四十八个房间

只有一间落着只苍蝇
其他房间都空着

四十七个空着的房间
有谁会进入呢

一扇窗子开着
哪个小孩会偷偷看呢

——那个打开的窗子
是我寂寞时
用手指戳开的
一个小小的洞

漫长的白天
一个人呆呆地
从窗子望外面的蓝天
变成浅浅的影子

画框里

画框里，人行道上
玻璃上映着人来人往

穿着白色和服的阿姨
踩着红色的草莓走过去

郎中，打着黑色的雨伞
穿过了葡萄园

红色的草莓踩不烂
紫色的葡萄碰不掉

画框里真是个好地方
谁也进不去的好地方

画框里
中午的街道人来人往

看着画框玩耍
即便是
一个人也不寂寞

彩纸

今天是一个
让人寂寞的阴天

昏暗的码头上
一群白鸽子在玩耍
很想在鸽子的爪子上
挂上五颜六色的彩纸

然后看它们飞
鸽子飞起时
天空该是多么美丽啊

新同学

从外地转来的新同学
很可爱
我怎么样才能
和她成为好朋友呢

午休的时候
看见她
一个人孤独地
靠在一棵樱花树下

从外地转来的新同学
说着外地的方言
听不太懂呢

回家的路上
忽然发现
她和其他孩子有说有笑
她有小伙伴了

拉钩

牧场的尽头
红彤彤的夕阳下山了
倚在栅栏上的两个人
一个是戴着红色头饰的富家小姐
一个是牧民家的穷孩子

“明天，你一定要帮我找到呀
长着七片叶子的幸运草”

“找到了就给我送来吧
我会送你一个漂亮的喷泉”

“嗯嗯，一定的，这是我们的约定”
两个人，钩起了手指头

牧场的尽头
红彤彤的夕阳自言自语
“我想，就这样躺在草丛里睡觉
明天也不出来了”

向着明亮那方

向着明亮那方
向着明亮那方
哪怕是一片叶子
也要向着阳光洒下的方向
那灌木丛中的小草呀

向着明亮那方
向着明亮那方
就算烧焦了翅膀
也要飞向灯火闪烁的方向
夜晚飞舞的小虫呀

向着明亮那方
向着明亮那方
哪怕只有分寸的宽敞
也要朝着阳光灿烂的方向
住在都市里的孩子们呀

空中的鲤鱼

池塘里的鲤鱼呀
你为什么跳起来了

是不是想变成
天上的那面鲤鱼旗

大大的鲤鱼旗
只能在今天的天空中飘扬
明天就会收起来了

梦想着不现实的事
不如快乐地在池塘里畅游吧
你跳出水面的那一刻
回头看看吧

池塘的水底
映着天空上的鱼鳞云
你就是水里的鲤鱼旗呀

做

小鸟
用稻草给自己
做了一个窝
可那些稻草
又是谁做的呢

石匠
用石头做了一块墓碑
可那些石头
又是谁做的呢

我用沙子
做了一个城堡
可那些沙子
又是谁做的呢

博多人偶

深夜的街上
一只蟋蟀
躲在垃圾堆里叫着

玩具店的橱窗上
青灯映出博多人偶
眼角的痣
表情有些忧伤

一只蟋蟀
躲在垃圾堆里叫着
在深夜的街上

行军象棋

行军象棋里的小骑兵
成了敌人的俘虏

成了俘虏的小骑兵
想从敌营里逃跑
因为太慌张
从棋盘上掉下来

哎哟，哎哟
快来救救我啊
烫死我啦

一只苍蝇飞过来
发现小骑兵掉进了火盆
盆里没有火
小骑兵只是弄了一脸灰

蛐蛐爬山

蛐蛐爬山啦
从大清早开始爬
嗨哟，嗨哟嗨

东边的山上太阳刚升起
田野里草地上的露水还没有干
蛐蛐跳得高
浑身有力气
嗨哟，嗨哟嗨

那座山的山顶上
蛐蛐的胡须都感觉到了
秋色冰凉的天空
嗨哟，嗨哟嗨

跳啊跳，用力跳
就能跳到
昨夜看星星那个遥远的地方
嗨哟，嗨哟嗨

好冷啊
太阳离得那么远
那座山，那座山，还是那么遥远

嗨哟，嗨哟嗨

看到这朵白色桔梗花了吗
这是我昨晚住过的地方
嗨哟，嗨哟嗨

田野里夜里露水太重了
山顶上月色那么明亮
我还是喝点露水睡一觉吧
嗨哟，嗨哟嗨

大象

好想去印度
骑一次大象呀

可是那里太远了
那就把自己变小吧
骑一骑玩具大象

油菜花田、麦田
该是多么辽阔茂密的森林呀

在那里捕捉到的野兽
是比大象还大的鼹鼠

夜晚就借住在云雀家里
在大森林里住上七天七夜

满载着猎物
我从辽阔的森林里走出来

从长满紫云英的街道上
抬头仰望天空
该是一件多么美妙的事情呀

推车

推车呀
嘿，嘿，嘿
使把劲儿哟，可真重啊

上坡路上
汗水一滴滴
掉在地上

推车呀
嘿，嘿，嘿
好啦好啦，轻快了呀

下坡的路面上
用小石子
铺成漂亮的格子纹

推车呀
嘿，嘿，嘿
一直看着前面的路
忽略了路边红色的蔷薇花

学校

有坐着船来的孩子
有翻过大山走路来的孩子

后面的山上传来阵阵蝉鸣
前面的堤岸上风吹着芦苇

穿过田野可以看见大海上
扬起白帆的船只都渐行渐远

红色屋瓦上的雪融化了
桃花开在蓝色的天空下

新生们到来的时候
水葫芦鸟和不老鸟都在歌唱

我们背着黑色的书包
还摘了一些红色的草莓

红瓦片的学校啊
倒映在水中的红屋顶呀
那水中倒影
如今只映在我的心里

在山丘上

头上是蓝蓝的天
脚下是青青的草地

童话书中看到的
公主很美丽

可是她头上的金冠
比蓝天小很多

漂亮的金鞋子
也没有草地柔软

头上是蓝蓝的天
脚下是青青的草地

站在山丘上的我
才是最漂亮的公主

太阳和雨

沾满尘土的
小草
雨把它们洗干净了

沾了雨水的
小草
太阳把它们晒干了

是为了让我
这样舒服地躺在上面
仰望天空

天空的颜色

夕颜

天上的星星
问葫芦花
你寂寞吗

白色的葫芦花
仰着脸
我不寂寞呀

夜慢慢暗下来
天空繁星点点

孤单的葫芦花
默默地
垂下头

日月贝

西边的天空是
茜草根的颜色
圆圆的、红红的太阳
落入大海里

东边的天空是
珍珠的颜色
圆圆的、黄色的月亮
躲进云影里

黄昏落下的太阳
和黎明消失的月亮
相遇在
大海的最深处

有一天
渔夫在海边捡到了一个
红黄相间的日月贝

濑户的雨

毛毛雨下了又停
我的船去了又来

在濑户遇见了潮汐先生
“你去那边吗？”
“我去这边，再见！”

漩涡在深海里打着漩儿

我的船去了又来
毛毛雨下了又停

天空的颜色

大海，大海
为什么是蓝色的
因为天空映在海水中

阴天的时候
大海也是灰色的

晚霞，晚霞
为什么那样红
因为夕阳是红色的

可是
白天的太阳不是蓝色的
为什么天空是碧蓝的呢

天空，天空
为什么是蓝色的呢

知了的外衣

妈妈
屋后的树荫下
有一件知了的外衣

知了一定是热了吧
才把它脱掉的
脱下来忘记穿上
就飞走了吧

到了晚上
它一定很冷吧
我想把外衣给它送回去
可是要送到哪里去呢

叶子的婴儿

“乖宝宝，快点睡”
这是月亮的任务
把月光轻轻地盖在它身上
轻轻地唱着一首摇篮曲

“乖宝宝，起床了”
这是风的任务
东方的天空亮了
风儿轻轻地吹着
叫醒了它

白天照顾它的
是小鸟的任务
唱着动听的歌谣
还会在树枝间玩儿捉迷藏呢

小小的叶子婴儿
喝饱了露水就去睡觉
不知不觉就长大了

蔬菜店的鸽子

鸽子妈妈
和三只小鸽子
在蔬菜摊的屋檐下
咕咕、咕咕地叫着

茄子是紫色的
卷心菜是绿色的
草莓是鲜红的
都闪闪发着光

它们想买什么呢
白色的鸽子们
在蔬菜摊的屋檐下
咕咕、咕咕地叫着

海里的鱼儿

海里的鱼儿
真的好可怜

庄稼有农民耕种
牛在牧场里吃草
池塘里的鲤鱼有人喂

可是海里的鱼儿
没有人去照料
一件坏事也没做
就这样被我吃掉了

海里的鱼儿
真的好可怜

千屈菜

长在河岸的千屈菜
开着谁也不认识的花

河水流了很远
一直流到遥远的大海

在很大的大海中
有一滴很小的水珠
还时刻想念着
那岸边谁也不认识的千屈菜

那是从寂寞的千屈菜上
滑落的露珠呀

暴风雨的夜

呼啸的海风
咆哮的海浪
在海岸边
守塔的人在自言自语

在这海里
在海的深处
现在还有珍珠吗

风的旋涡
云的旋涡
天空上
星星在自言自语

在这空中

在这大海的深处
昨夜的花蕾开放了吗

渔夫的孩子

我会出海吧
在我长大的那一天
是在风平浪静的日子里
海滩上的小石子为我送行

我是一个勇敢的人
我要到达一座小岛
迎着狂风暴雨
在七天七夜后的黎明
我找到梦中的小岛

我会写信吗
在自己搭建的小屋里
一个人吃着自己刚摘的红果子
一边写信："给远方的日本朋友们"
（我会让信鸽把这封信捎给你们）

然后，我会静静地等待
那些欺负人的城里孩子们
坐着红色的小船
找我来一起玩

是的，我会等着吧
就像现在一样
静静地躺着
望着蓝天和大海

水马

一个水纹，消失了
两个，三个水纹
也消失了

水面上出现七个水纹的时候
魔法如泡沫一般地消失了

被池塘里的神仙囚禁的水马
变成现在的样子

昨天，今天
蓝色的池塘里
白云依旧映在水面上
不曾消失

一个水纹，消失了
两个，三个水纹
也消失了

猜谜

猜呀猜，猜个谜
什么东西多的是
想抓却又抓不起

碧蓝的大海
碧蓝的水
捧起来的蓝色不见了

猜呀猜，猜个谜
什么东西看不见
想抓又能抓得住

炎炎的夏日
微微的风
蒲扇就能把它舀起来

说再见

妈妈，妈妈等等我
我正忙着呢

马圈里的马儿和鸡窝里的
可爱的小鸡们
我正和它们说再见呢

如果还能够遇见
昨天山里的那个砍柴人
我还想去山里看看

妈妈，妈妈等等我
我还有一件事情忘了做

回到城里就看不到了
路边鸭跖草、蓼花
我要好好看看它们
我要好好记住他们的模样

妈妈，妈妈等等我呀

大海和海鸥

我以为大海是蓝色的
我以为海鸥是白色的

可是我今天看到的大海
还有海鸥的翅膀
都是灰色的

原来一直相信的事
也许都是假的

你知道天空是蓝色的
我知道雪花是白色的

大家都看到的事
是不是
也会是假的

红色小舟

一棵松树
在岸边看海

我也一个人
在岸边看海

蓝色的大海
洁白的云朵
红色的那只小舟
还没有出现

红色小舟里的爸爸
是出现在梦里的爸爸

一棵松树
在岸边静静地等待
我也在静静地等待
我的红色小舟
什么时候才能够出现呢

海浪

海浪是一群娃娃
手牵着手笑着
一齐跑过来

海浪是一个橡皮擦
把沙滩上的字
全都擦掉了

海浪是士兵
从海上涌过来
勇敢地扑向礁石

海浪是糊涂虫
总是把美丽的贝壳
忘在沙滩上

船帆

抵达海港船儿的帆
又黑又破
驶向海洋的船的帆
洁白闪亮

远在天边的那艘船啊
一直不要靠岸
要在海天之间驶向远方

趁着自己还洁白、闪亮
我也要远行

小剧场

用竹席子搭建的
小剧场
到昨天为止
演出就已经结束了

剧场外
柱子边上
小牛犊在安静地吃草

用竹席子搭建的
小剧场
远远地守望着大海
海面正托起美丽的夕阳

用竹席子搭建的
小剧场
棚顶上落着一只海鸥
晚霞点亮了它的羽毛

遗忘的歌

今天来到这个开满野花
长满野草的山坡上
想起了那首歌谣
比梦遥远
是妈妈唱的摇篮曲

唱起那首歌
这座山仿佛是打开了一扇门
让我看见了妈妈
往日唱歌的模样
今天我又来到山坡上
躺在草地上
望着大海想起那首歌

“银色的帆，金色的桨”
哎呀，是一首……
被我遗忘的摇篮曲

去年的今天
——大地震纪念日

去年的今天，这个时候
我在搭积木
哗啦啦，积木碉堡
一瞬间就倒塌了

去年的今天，傍晚
我坐在草坪上
房屋里，黑烟滚滚
我还能看见妈妈的眼睛
好可怕啊

去年的今天，天黑以后
无数的房屋着火了
那一天，我刚收到的漂亮的衣服
和积木的城堡
统统都被烧掉了

去年的今天，深夜
火光照亮了天上的云层
我被妈妈抱在怀里呢
看到了云层里那轮惨白的月亮

我的衣服是新买的
家里的房子是重建的
可是，妈妈却回不来了
今年，没有妈妈的陪伴
我感到好孤独啊

夏之卷

看不见的城堡

月亮

拂晓的月亮
挂在山顶
笼子里的白鹦鹉
蒙眬地睁开了眼睛
哎呀
我的伙伴呀
打个招呼吧

白天的月亮
映在水塘里
戴草帽的小孩在岸边
支起鱼竿定睛地看
真好看
好想钓上来
它会上钩吗

黄昏的月亮
隐藏在枝丫里
红嘴壳的小鸟
眼睛一直转
哦，熟透了
真想啄一口呀

黄昏

"晚霞晚霞"
唱完这首歌
我们突然沉默了

谁也不说"回家吧"

想起了家里温暖的灯光
想起了妈妈做菜的香味

"青蛙都叫了，回家吧。"
不知是谁这样说了一句
大家就一个个地回家去了
可是我还想
和你们继续玩耍啊

草坡、小山和落日
不知道为什么
吹着寂寞的风

护城河边

在护城河边遇见了
她却装作看河面

昨天我们吵架了
今天又觉得有点怀念
我对她笑了一下
她却装作看河面

我给她的笑容
已经收不回来了
眼泪忍不住地流下来

我小跑着离开了
脚下的碎石小路
都模糊了

生闷气

在一边生闷气
却没有人来找我

为什么生着气
谁都不来找我呢

露天电影的音乐消失了
应该是放映结束了

我忍不住想哭

蚊帐

我们在蚊帐里
就像是被网住的鱼

在蔚蓝的月夜下
蓝色的大海里
蓝色的网随着波浪在摇荡

迷迷糊糊睡着的时候
星星就会偷偷地来收网
半夜里醒来
发现自己正躺在云朵里沙滩上

青色的网
在波浪里摇摇荡荡
我们都是可怜的鱼儿

急雨蝉声

火车窗外
急雨般的蝉声

黄昏时分
闭上眼睛
我的眼前开满
金色和绿色的百合花

睁开眼睛
窗外
不知名的山丘在晚霞中

火车窗外
又传来了
急雨般的蝉声

暗夜

辽阔又黑暗的原野上
好像有人在唱歌

山岗上整齐排列着窗灯
有一盏变得暗淡下去了

遥远的城市上空
星星变得模糊不清

我一个人在晾衣台上
一边吃着柑橘
一边眺望着远方

暴风雨警报

晚霞里
暴风雨的警报灯
变红了

警报灯下面
一头小牛犊在玩耍

曾经有一次
警报灯亮起来了
不过那是一个传闻
我们早已经忘记了

晚霞里
暴风雨的警报灯
又变红了

那一天也许会来
通知人们
暴风雨真的来了

暗夜里的星星

黑夜的天空上
有一颗
迷途的小星星

那颗小星星
是个女孩子吗
它和我一样
孤零零的

那颗小星星
是个小女孩吗

月亮的舟

天上的卷积云
像大海里的波涛

从佐渡返回千松的
那艘银色的小舟
在波涛里时隐时现

黄金的桨被海浪卷走了
无人驾驶的小舟
何时才能够回到故乡啊

时隐时现的小舟
在汪洋的大海上
越漂越远

昼与夜

昼离开了
夜就来了
夜离开了
昼又来了

要去哪里
才能真切地看到呢

是一根什么样的长绳子
连着昼夜的
这一头和那一头

簪子

谁都不知道
我拿那个簪子玩过
给它包上了一层彩纸
那时妈妈在洗澡
哥哥也出去了

没人看见我
我把那个簪子
偷偷地藏起来
太阳已经下山了
月亮还没有升上来……

谁来帮我找找啊
那个簪子上镶嵌着的花
被我弄丢了
白天也有看不到的地方
金银草长得很茂密

谁都不知道
谁也不知道这个秘密

点心

我偷着藏了一块
弟弟的点心
想着是不是吃掉呢
我还是忍不住吃了

如果妈妈问起这两块点心
我该怎么办啊

剩下的一块点心
拿起又放下
弟弟还没有回来
我又吃了第二块

有些苦涩的点心
又有些悲伤的点心

狗

我家大丽花开的那天
酒屋里的阿黑死了

在酒屋前玩耍时
那个总爱冲我们发火的阿姨
伤心地哭了

那天在学校
很好笑地说起这件事
心里忽然觉得好难过啊

月光

一

月光在屋顶上
偷看明亮的街道

没有发觉的人们
像白天一样
快乐地走在明亮的街道上

月光看着他们
轻轻地叹气
把没人要的影子
丢在了房顶的瓦片上

一点没觉察的人们
像鱼儿一样
游过月亮的光波
每一步都拖着或深或浅
或长或短形影不离的影子

二

月光发现了一条

昏暗僻静的小巷

它快速地闯进去
当一个贫苦的孤儿
吃惊地睁开眼睛时
便飞进那双眼睛里
月光之下
那间破败的屋子
成了一座银色的宫殿

即使那孩子不久又睡去
直到天明
月光都静静地守在那里
一直照着破旧的板车、伞
甚至一株小草

文字烧

文字烧的香味呀
天上下着雨
细细的小雨

食品店里
昏暗中隐约地看见
红色的烟头在闪烁

十字路口
有五六个人在说着
道别的话

文字烧的香味呀
天上依旧下着雨
细细的小雨

光脚

黑色的土是
湿润的

光着的小脚丫
站在上面
看起来真干净

一个不认识的
好心的小姐姐
帮我系上了木屐上的绊子

水与影

天空的影子
盈盈映在水中央

在天空的深处
也映着树木和野蔷薇

水很诚实
无论什么影子都能映出

水的影子
在树丛间闪烁

明亮的影子呀
清凉的影子呀
摇摆的影子呀

水很谦虚
自己的影子是那么小

看不见的城堡

我在田野和山林里狩猎
天黑了　我带着看不见的随从
回到看不见的城堡

原野上有位看不见的牧羊人
在远处吹着看不见的笛子
呼唤着看不见的羊群

穿过森林
是一座看不见的城堡
金色的窗户里灯光闪烁

我是小小的王子
骑着一匹看不见的马
看不见的马铃叮当地响

走在海上的妈妈

妈妈，不要啊
那里是大海
你看这里是港口
这些椅子
是在港湾里停泊的船
就从这出发
妈妈你就坐上这艘船吧

哎呀，不行啊
不能往海里走啊
快浮上来换气啊
妈妈，你不要笑
你还是快点上船吧

妈妈还是走过去了
但是没有关系
我的妈妈好厉害啊
她能一个人走进海里

我的妈妈好厉害啊

秋·之卷

秋天的颜色

秋天

秋天
一夜之间就到了

风吹了二百一十天
雨下了二百二十天
风雨停止的那个黎明
秋天在夜色中悄悄地来临

它是乘着小船到港口的吗
还是长了翅膀像鸟一样飞来的
也许是从地下的什么地方钻出来的吧
没人知道
可它今天早上已经来了

没人知道秋天从哪里来
只知道它已经来临

落叶

院子里都是落叶
趁着没人知道
悄悄地去打扫吧

心里想着
要一个人去扫落叶
顿时开心起来

刚扫了一扫帚
外面来了一支乐队

我想一会儿再扫吧，一会儿再扫吧
不由得放下扫帚跑出去
跟着乐队直到马路的拐角

回来再看时
不知是谁已把落叶扫干净了
一片叶子都没有了

向日葵

太阳公公的车轮
是美丽的黄金车轮

驶过蓝色的天空时
发出黄金的声响

穿过洁白的云朵时
看见了许多黑色的小星星
当然，天和地都不知道
为了不伤害到黑色的小星星
车轮拐了个急弯

太阳公公被甩到外面
脸色通红，非常生气
漂亮的黄金车轮
在很久很久以前
就被扔到遥远的人间

一直到现在，黄金车轮
依然追随着太阳旋转

老枫树

十一月的太阳
对院子里的老枫树说
到季节啦

院子里的老枫树
正迷迷糊糊地睡午觉呢
忘记给叶子染色了

十一月的太阳
在新建的仓库高高的屋檐上
微微地露着脸笑着

院子里的老枫树
叶子还绿着
就悄悄地凋落了

初秋

凉凉的晚风吹过来

如果是在乡下
这时就能看到
远方海边的夕阳
黑牛被人牵着回家

水蓝色的天空中
乌鸦们也准备回家了

菜地里的茄子该摘了吧
稻穗也开花了吧

待在城市里
太寂寞了
这里只有房子
尘埃和天空

桂花

花园里弥漫着
一阵阵
桂花的香气

外面的风
走到了我家大门口
进去呢
还是不进去
它小声嘀咕着

暖暖的秋天

好天气
好天气
河边的柳树梢上
一只伯劳鸟在歌唱

晒干了
晒干了
田野里的朴树枝上
晾晒着刚收割的稻穗

拉走了
拉走了
对面的大路上
装满稻穗的马车
一辆接一辆地开走了

好天气
好天气
高高的蓝天上
伯劳鸟在歌唱

火车道口

火车道口旁边的小屋
在辽阔蔚蓝的天空下

老爷爷在小屋外面
读着今天的报纸

把长长的，长长的影子
投在地上
脚边的马兰花正开着
胸口有只小虫子在爬行

在晴朗的天空下
火车道口的栅栏整齐地排列着

藏在草丛里的蟋蟀们
望着白天的月亮鸣叫着

乡村的画

我常常去看一幅
乡村的画

每当无聊的时候
都会去那画中
白色的小路上走走

那边是一间水车小屋
虽然看不见里面
但相信小屋里一定会
住着一位善良的老爷爷

小屋的后边
生长着一棵山茱萸
树上的果子都红了

远处的山丘下面
有一个小小的村庄
乡村小路上
永远是那么安静

画外的世界
总是车水马龙
画里的世界
总是安静悠闲

天蓝色的花

天蓝色的小花啊
请你听我说

很久很久以前
这里有一个
黑眼睛的小女孩
就跟我一样
总是喜欢一个人仰望天空

在蓝天下
不知道什么时候
她的黑眼睛被天空染成了蓝色
现在依然仰望天空

小花啊
如果我没说错的话
你比那个了不起的博士
更了解天空的奥秘吧

我总是仰望天空
想了很多很多
可是我对天空一无所知
你们大家都知道吗

小花沉默着不说话
静静地凝视着天空
被天空染成蓝色的眼睛
依然不知疲倦地凝视着天空

海的颜色

早晨的大海
是银色的
银光下一切都模糊了

汽艇和帆船都变成了灰色

白天的大海是蓝色的
一切都是原来的样子
海面上的草鞋、树叶、香蕉皮
都是它们本来的颜色

夜晚的大海是黑色的
它把一切都隐藏起来了
船儿都看不见了
只有桅杆上红色的灯在闪烁

秋天的信件

大山给城市发了一封信
“秋天啦
柿子成熟了，栗子成熟了
斑鸠鸟儿唱歌了
山上的节日开始了”

城市给大山回了一封信
“秋天啦
燕子们飞走了
柳树的叶子飘落了
城市寒冷寂寞的时候到了”

树

花儿谢了
果子就成熟了

果子摘了
树叶就落了

然后
发芽，开花

多少次这样的轮回
这棵树才能够休息呢

土

嘎吱，嘎吱
被翻过的土
变成一片良田
长出一片好麦子

从早到晚
被众人踩过的土
变成马路
让车辆顺利地通行

没有翻起的土
没有被踩过的土
是没有用的土吗

不是呀，不是
它还会陪伴着
不知道名字的小草们呀

灰

园丁爷爷
请把篮子里剩下的灰给我吧
我要用它做点好事呀

樱花、木兰、梨、李子
我不会撒给它们
反正春天到了它们都会开花的

我要把灰撒给
森林里那些
从来不开花的树木们

如果森林的树开花了
他们该多高兴啊
我该多高兴啊

黑色的麦穗

黑色的麦穗拔掉了
留下那些金色的麦穗
如果不拔掉黑麦穗
它会传染其他的麦子呀

我沿着小路
走到海边
烧掉了黑色麦穗

黑麦穗长不出麦子
但得让这青烟
高高地升上天空吧

夜里凋落的花

晨光里凋落的花
麻雀会伴它一起飞舞

晚风中凋落的花
晚钟会为它唱歌

夜里凋落的花
谁来陪它呢
夜里凋落的花
谁会来陪它呢

花魂

花儿谢了
花魂在佛陀的花园里
盛开着

因为花儿很善良
太阳呼唤它的时候
它们就全部绽放，露出笑容
为蝴蝶送去甜甜蜜
给人们带来芬芳的花香

风呼唤它的时候
它会听话地随风而去

就算枯萎了
她的花瓣也会成为
孩子们过家家的午餐

神轿

秋天的庙会
天已经快黑了
红灯笼还没有点上

玩够了
回到家里
爸爸就像家里的客人
妈妈是家里最忙碌的人

寂寞的黄昏
忽然听见一阵欢呼声
一群抬神轿的人
像一阵大风
从后街上刮过

光的秀发

落下来了，落下来了
在海边的沙滩上
看又红又大的太阳西沉
闪亮的，闪亮的
金色的丝
那是光的秀发

编哪，编哪
用金色的丝和麻线
编织一个火红的绒球

黄金的小鸟

树叶变成了黄金
我也想变成黄金

遥远的国度里
国王的使者
抬着用宝玉装饰的轿子
一定会来接我

黄金的树叶
落下来
还是金黄色

明天一定要变呀
黑色的我
一定要变成金黄色

金黄色的树叶腐烂了
为了变成黄金
腐烂了
发着黑色的光

玻璃和文字

一片玻璃
看起来是透明的
仿佛什么都没有的样子

可是许多玻璃重叠起来
就像大海一样蓝

一个文字
像小蚂蚁一样
又黑又小

可是许多文字排在一起
就可以写出黄金城堡的故事

寂寞的公主

心

虽然妈妈是个大人
大大的大人
可妈妈的心却很小很小

因为妈妈说过
她的心被我塞得满满的

虽然我是一个小孩
小小的小孩
可我的心却很大很大

因为我的心里
除了妈妈
还装着各种各样的事情呢

花的灵魂

花朵凋零
她们灵魂的复生
每一朵
都会在佛的花园里

我要告诉你
花儿有多好
当太阳向她们呼唤
嗒嗒，她们就开放
露出甜美的微笑
叫蝴蝶吸吮琼浆
把花香献给所有的人

当风说：快跟我来
她们弯一下腰
就随风而去

当孩子们过家家
她们愿意用身体
装扮成一桌野餐

云的颜色

太阳落下山去
晚霞消失了

刚刚吵过架
我一个人
走在回家的路上

看着天边的云彩
眼泪滴答滴答地
掉了下来

月亮和姐姐

我走月亮也走
真是一个好月亮

如果每天晚上
你都能来到夜空的话
那就是最好的月亮了

我笑姐姐也跟着笑
真是一个好姐姐

如果你没有事时
能来陪我玩儿一会儿的话
那就是最好的姐姐了

栀子花簪子

渔家的女孩帮家人看孩子
麻雀飞过来了
看着女孩蓬乱的头发说：
“这个窝还真不错。”
麻雀想要在她头发上筑巢

红色的栀子花，燃烧着
好烫，好烫
麻雀吓得飞走了

太阳下山了
枯萎的栀子花簪子
她从头上拔下来扔掉了

从海边回来的妈妈
为女儿重新盘起头发

麻雀在屋檐下
筑了一个新巢

寂寞的公主

被勇敢的王子搭救
公主回到了城堡

城堡还是原来的城堡
玫瑰依旧像以前一样盛开

可公主为什么寂寞
一直仰望着天空

（魔法师虽然可怕
可是被变成一只小鸟
在无边无际的天空中
伸展着白色闪亮的翅膀
去远方旅行的时光令人怀念）

街上花儿纷飞
城堡里宴会还在继续
寂寞的公主
一个人在傍晚的花园里
鲜红的玫瑰她看都不看
只是一直望着天空

渔夫叔叔

渔夫叔叔
让我乘上你的小船
一起去出海吧

去那个美丽的云霞
从海面升起的地方

作为答谢
把我的洋娃娃送给你
再加上一条小金鱼

渔夫叔叔
让我乘上你的小船
一起去出海吧

白帽子

白色的帽子
暖和的帽子
难忘的白色帽子

还是算了吧
失去的东西
就是失去了

可是帽子呀
求求你不要掉在
水沟那样的地方去
要刚好挂在某处高高的树枝上

给像我一样笨的
不会筑巢的小鸟儿
做一个温暖的窝吧

白色的帽子
妈妈织的绒线帽子呀

模仿

——没有爸爸的孩子的歌

“爸爸，这个可以教教我吗”
小孩子对爸爸
撒娇地说

傍晚回家的路上
没有爸爸的孩子
一个人怯怯地躲在墙角
“爸爸……”
他小声地模仿着
有一点害羞
又有一点不知所措

篱笆墙里
一株白色的木槿树
像是在偷偷地笑呢

奶奶的故事

奶奶再也不能说话了
我是喜欢听她讲“那个”故事的

“我已经听过了”
当我说这样的话的时候
奶奶非常失落

奶奶的眼睛里
映着山坡上的野菊花

我很怀念奶奶的“那个”故事
如果她还能再讲给我听
一遍、五遍、十遍都行

我一定会静静地
耐心地听完

天堂里的妈妈

一个人
在黄昏的山坡上
看着晚霞
忽然想起来
曾经去过的那个神社

抬头看见
昏暗的格子窗里面
慈眉善目的仙人
端坐在彩云上吹着笛子

我的妈妈
穿着薄薄的轻纱衣裳
一定也在那样美丽的彩云上
随着笛声跳舞吧

看着晚霞
仿佛听见了笛声
隐隐约约地
从远方传来

金鱼的墓

黑暗黑暗的土里
金鱼的目光注视着哪里呢
是夏天的池塘里
那些水藻花和摇摆的幻影吗

寂静寂静的土里
金鱼在倾听什么呢
是夜晚落叶上面
露珠的脚步声吧

冰冷冰冷的土里
金鱼在想些什么呢
也许是曾经在鱼缸里
一起游玩的那些好朋友们吧

那个孩子

——那个孩子，是谁夺走的
——那个孩子，我要去找他

——那个孩子，他去了哪里呀
——那个孩子，去了我的家乡

——那个孩子，是个不懂事的孩子
——虽然他不懂事

可是他的妈妈在这里呀
一直等着他
一直想着他呀

墓碑们

坟场后面
新建了一道围墙

墓碑们，从此以后
看不见大海了
看不见小孩子们
坐着红色小船在大海上玩耍了

海边的小路旁
建了一道高高的围墙

从此
我们就看不到坟场了

我总是喜欢看
那个最小最圆的墓碑

草原

露气盈盈的草原
如果光着脚走过去
脚一定会染成绿色的吧
草的味道也会被沾染上吧

就这样
一直走在草原上
直到变成一株草

我的脸
会变成一朵美丽的花儿
在风中微笑吧

笑

它是美丽的玫瑰色
比罂粟籽还小
当它散落在地上时
就像焰火噼噼啪啪绽放着
开出大朵大朵的花儿

就像眼泪掉下来的时候
如果微笑也能这样下来
该是多么美好呀

蟋蟀

蟋蟀的一只脚
折了

欺负它的是一只猫
被我追上去
训斥了一顿

秋天的太阳
毫不知情
晒啊晒啊

蟋蟀的一只脚
折了

哑蝉

会说话的蝉，喜欢唱歌
从早唱到晚
谁看到它时
它都在唱着同样的歌

不会说话的蝉，喜欢写歌
默默地写在树叶上
在谁也不注意的时候写
写着谁也不会唱的歌

难道它不知道
秋天来了
树叶落在地上会腐烂的吗

蚊子之歌

嗡——嗡——
在树荫下，发现一辆婴儿车
睡着的小宝宝，真可爱呀
嫩嫩的小脸蛋
快让我亲一口吧

哇——哇——
哎呀！小宝宝哭了
看孩子的人哪儿去了
去摘花了吗
飞去她耳边，告诉她吧

啪——啪——
好突然，一个巴掌挥过来
啊呀！好危险啊！吓死我了
哎呀哎呀
捡回一条小命呀

嗡——嗡——
草丛中的家
虽然阴暗潮湿
但还是回家吧
回到妈妈身边睡个觉吧

茧壳和坟墓

茧被裹在茧壳里
小小的，闷闷的
那个壳里

但是，乐观的茧
一点都不觉得寂寞
它会变成美丽的蝴蝶
快乐地飞出去

人被埋进坟墓里
潮湿的，阴冷的，黑暗的
坟墓里

但是，听话的小孩
会变成天使
张开一双翅膀
飞出去

远处的火灾

远处发生了火灾
大家像不知道一样
依旧玩着打仗的游戏

火灭了，火灭了
有人急匆匆地跑过来说

一个“潜伏”的工兵
找到了敌人的“地雷”
分出了胜负

在路边
大家争吵着
灭掉大火的消防队走过来
吹着喇叭走过去了

大家默默地目送着
黑色的灭火水管远去
像挂着一把大伞

忙碌的天空

初秋的银行

周日的银行
看起来整洁庄严
啾啾啾，蟋蟀在叫

清晨明朗的天空
扑棱扑棱，蜻蜓在飞

（秋天，今天早上来到港口）

周日的银行
看起来整洁宽大
太阳送给它一个清晰的影子

蝉
落在电线杆上
抖动着薄薄的翅膀鸣叫

忙碌的天空

今夜的天空很忙
云朵飘来飘去

与半个月亮撞在一起
也满不在乎地飘去

小云朵转前转后讨人嫌
大云朵跟着小云朵

半个月亮左躲右闪
穿过大云朵和小云朵

今夜的天空很忙
真的很忙

芒草和太阳

——再长高一点
——再长高一点
芒草伸展身体向上生长着

白色娇嫩的昼颜花
被太阳晒得要枯萎了
芒草想用自己的影子遮住它

——再长高一点点
——再长高一点点
太阳磨磨蹭蹭地不想下山

大大的篮子里
才装了一点点草
割草的小女孩真可怜啊

孩子、潜水员和月亮

孩子在田野摘下的花
在回家的路上
却把花都扔掉了

回到家里，一朵也没有了

潜水员在海底采珊瑚
浮上水面放在船上
又游回到海底

属于潜水员的什么也没有

月亮在天空上摘星星
可在农历十五之后
又把星星撒向天空

月底时便消失了影踪

落叶的纸牌

山路上的纸牌
是什么纸
是金色、红色的落叶的纸
小虫子在上边留下笔迹

撒在山路上的纸牌
谁来读
黑色的小鸟
用黑色的尾巴
一片一片翻着读

撒在山路上的纸牌
谁来捡
吹来吹去的山风
忽的一下就抢走了

海和山

从海里来的
是什么

从海里来的
是夏天、风、鱼
和装满香蕉的篮子

乘着新造的大船
从海里来的
是住吉祭

从山上来的
是什么

从山上来的
是冬天、雪和小鸟
还有驮着木炭的马

还有乘着交趾木的落叶
还有从山那边赶来的新年

夜里的风

夜里的风很调皮
一个人经过这里
好寂寞啊

摇摇合欢花的叶子吧
合欢花的叶子
被摇得做了一个梦
梦见乘着小船在海上摇啊摇

摇摇小草的叶子吧
小草的叶子
被摇得做了一个梦
它在秋千上荡啊荡

夜里的风很无聊
它独自吹过了天空

山岭

晚风
窸窸窣窣地
吹过一片高粱地

皎洁的
月亮
爬上了山岭

山岭上
一匹疲惫的马
有气无力地走着

月亮啊
爬过山岭
可四周还是一片高粱地

这条路

这条路的前方
有一大片森林吧

孤单的朴树啊
沿着这条路走吧

这条路的前方
是不是有广阔的大海呢

池塘里的小青蛙
沿着这条路走吧

这条路的前方
是不是有一座繁华的城市呢

寂寞的稻草人啊
沿着这条路走吧

这条路的前方
一定会有什么的

我们大家一起
沿着这条路走吧

白天的月亮

白天的月亮
像肥皂泡一样
风轻轻一吹
就不见了

此时遥远的另一个国度
应该是夜晚吧

茫茫的沙漠里
行走着一队旅人

白昼的月亮
为什么不去黑暗的沙漠里
照亮他们的路呢

喷水的乌龟

寺院的喷水池
不再喷水了

不再喷水的小石龟
仰望着天空
好寂寞啊

混浊的水面上
静静地
漂着几片落叶

云的孩子

风的孩子
和海浪的孩子
一起玩耍

海浪在的地方
风一样也在呀

但一直在天空旅行的
云的孩子
真是好可怜呀

被风追赶着
气喘吁吁的样子
真是好可怜呀

树叶小船

小蚂蚁是个探险家
乘着树叶小船出发了

小蚂蚁乘着绿色的小船
驶向大海那边

它听说大海那边有座小岛
岛上有糖山和蜜河

那里没有可怕的大鸟
那里是蚂蚁的天堂

小蚂蚁乘着绿色的小船
驶向大海那边

海鸟

连绵起伏的海浪啊
每天都奔向岸边

刚刚涌上来的波浪
那个波浪
它是从哪里来的呢

现在就要退潮的波浪
那个波浪
又要退回到哪个岸边呢

在波浪上飞翔的海鸟
你一定知道吧

如果你告诉我的话
下一次的庙会
我就带你去看看热闹

鱼公主出嫁

鱼公主要出嫁了
嫁到对面的小岛上

送亲的队伍
一直排到对面的小岛上
闪耀着银色的光

小岛上圆圆的月亮
提着灯笼来迎接了

大海里的婚礼
真的是很壮观啊

晴空

晴朗的天空
像平静的海面

真想跳进去
快快乐乐地游泳

让溅起的水花
变成雪白雪白的云朵

水手和星星

水手看见了星星
星星说：
“快过来啊，快过来啊。”

风很大，浪很高
水手的眼睛闪动着坚定的光
不怕风，不怕浪
把船头朝着星星的方向

最后，水手上岸了
“星星，星星”
虽然，他心里想着星星
毕竟他们的距离太遥远了

没有抓住水手
波涛更加愤怒起来
但是天黑了
家里的灯亮了
我要回家吃饭啦

海岛来的船

海岛来的船
累了吧
港湾里轻柔的波浪摇啊摇啊
睡一觉吧

载着鱼儿
从远方的海岛来到这里
你安心地睡吧

等你的主人
买回沉重的大米
还有成捆的蔬菜

海岛来的船
趁着这会儿
让轻柔的波浪摇着你
好好睡一觉吧

笔记本

安静的早晨
沙滩上
放着一个红色的笔记本
缎子封面，金色的字
纸是白色的

是谁忘在这儿的呢
我问海浪
海浪哗啦哗啦地响着
我四处张望
沙滩上，连个脚印也没有

一定是南归的燕子
黎明前飞过这里
想要写下旅行的日记
遗忘在这里的

竹蜻蜓

嘎吱，嘎吱的竹蜻蜓
飞啊，飞啊　竹蜻蜓

比二层楼房还要高
比那棵杉树还要高
比葛城山还要高

我做的竹蜻蜓
你替我飞起来吧

嘎吱，嘎吱的竹蜻蜓
飞啊，飞啊　竹蜻蜓

比山顶上的云雾还要高
比云雀的歌声还要高
穿云破雾在天空中飞翔吧

可是不要忘记
一定要再回到这条小路上啊

一只蜜蜂一个神

蜜蜂在花里
花在花园里
花园在围墙里
围墙在小镇里
小镇在日本里
日本在世界里
世界在神的国度里

然后，然后呢
神就在这个小蜜蜂里

一万倍

比世界上所有国王的
宫殿加起来
还要漂亮一万倍的
——是那繁星点点的夜空

比世界上所有女王的
衣服加起来
还要漂亮一万倍的
——是那清晨映在水面上的彩虹

比繁星点亮的夜空
和清晨映在水面上的彩虹
加起来还要漂亮一万倍的

——是那天上神仙的国度

全都喜欢上

书

寂寞的时候
趁爸爸不在家
悄悄地走进他的房间
看书脊上的烫金字

有时，偷偷地踮起脚
抽出一本厚厚的书
抱玩偶一样抱着它
到外面明亮的走廊

书里都是横排的文字
一个假名也没有
但是那些文字像花纹一样美丽
散发着一种奇异的气息

雪白的书页
我舔着手指一页一页地翻看
书里的故事
一个一个地浮现在眼前

树叶的影子映在书上
我真的好喜欢
一个人坐在五月的走廊下
读着爸爸的大书呀

绣球

城里的孩子为了寻找绣球
去了另外一个城市
在围墙上突然飞出来的泡泡
消失了

城里的孩子为了寻找绣球
去了乡间的小屋
在小屋后院找到的绣球花
已经凋谢了

城里的孩子为了寻找绣球
走向郊外
在白色的云朵后面
原来绣球就在那里呀

魔法棒

如果我得到一支魔法棒
我要变些什么呢

羊羹、蛋糕和甜纳豆
和姐姐一样的手表
除了这些
我还想要一只会说话的鹦鹉
每天陪我说话
再变一个戴红帽子的小精灵
每天为我跳舞

不，我还要像童话里的
一寸法师那样
一下子变高该多好啊

破帽子

我的小皮球
不小心从手里掉了出来
被小乞丐捡起来了

我想要回我的小皮球
可是，我又害怕
我瞪了他一眼
他也瞪了我一眼
把皮球扔给我

要走呢？还是说谢谢呢
小乞丐把破草帽用力地戴在头上
帽子破了
套在脖子上
他回头看看我
哈哈哈地笑着走了
我也忍不住笑出来了

破帽子离开的方向
红蜻蜓
成群结队地在飞

睡眠火车

睡着的孩子坐上火车
从睡眠车站驶出

火车经过了梦之国
在铺满玻璃珠子的路上
沿着红色的铁轨飞驰

明亮的月光，云朵绯红
玻璃塔的顶尖上
闪着白亮的星星

所有的景色从窗前经过
火车到达睡醒站

梦之国的礼物
谁也带不回
通向梦之国的路
只有睡眠火车才知道

大海的布娃娃

巨大的珍珠
各种美丽的贝壳、珊瑚
可这些玩具
人鱼的女儿都玩腻了

她哭闹着想要
岸上孩子手里的那个
黑眼睛的布娃娃

宠爱公主的人鱼妈妈
把一艘渔船拖入了海底
夺走了船上孩子抱着的布娃娃

人鱼的女儿看到布娃娃
就开始渴望
远方岸上的世界

终于它舍弃了大海
悄悄地离开了

大海里的布娃娃
在海藻的摇篮里睡着了
做着甜甜的梦

岸上的小人鱼
想念着故乡和妈妈
每天站在礁石上望着大海
变成了礁石上的一只小海鸟

全都喜欢上

我好想喜欢上呀
这个那个全都喜欢上
比如葱、西红柿
还有鱼
都想一样不落地喜欢上
因为家里的饭菜
都是妈妈亲手做的呀

我好想喜欢上呀
这个那个全都喜欢上
比如医生
还有乌鸦
都想一样不落地喜欢上
因为世上的一切
都是上天创造的呀

藏好了吗

——藏好了吗
——还没有呢
在枇杷树下
和牡丹丛中
孩子们在玩捉迷藏

——藏好了吗
——还没有呢
在枇杷树枝
和青青的果实间
孩子们跟小鸟和枇杷捉迷藏

——藏好了吗
——还没有呢
在蓝天外
和黑黑的泥土里
孩子们跟夏天和春天捉迷藏

眼睛

大家的眼睛
是有魔法的壶

橘子树围墙
街道上的马车和马夫
荞麦田和梧桐树
远处青色的山峦
还有天上那白色的云朵

他们全都变小了
映在我黑色的眼睛里

大家的眼睛
是有魔法的壶

竹手枪

竹手枪
砰、砰、砰地响着

昨天还没有见过的
今天竟然都流行起来了

大家都忙着砍竹子
大家都在做纸球子弹

竹手枪
砰、砰、砰地响着

昨天天气还很热呢
一夜之间
秋天就来了

人们低头削竹子
抬眼看看天空

玩偶树

不知什么时候埋下的种子
长出了一棵小小的桃树

虽然只有一个玩偶
我还是把它埋在庭院的角落里

我会忍住寂寞
等着它长出小小的嫩芽

小小的嫩芽长大
三年后就会开花啊

秋天结出许多可爱的玩偶
我把它们从树上摘下来
给全城的孩子每人一个
明年玩偶树还会继续结果呢

指甲

拇指的指甲
是一张扁平的脸
宽宽厚厚的
像我们的老师

食指的指甲
是一张歪扭的脸
就要哭的样子
像马戏团里的小丑

中指的指甲
是圆圆的脸
笑眯眯的
像从前认识的一个姐姐

无名指的指甲
是四四方方的脸
总是思考
像旅途中遇见的那个叔叔

小拇指的指甲
是消瘦而美丽的脸
它是谁呢
似曾相识却又想不起

声音

依然是明亮的黄昏
总是从远方
传来各种各样的声音

是不是谁在玩小游戏呢
又像是海浪的声音
或是小孩子的声音呢

肚子真的有点饿了
黄昏总是从远方
传来各种声音

受伤的手指

我的手指
缠着白绷带
看着就觉得很痛
我忍不住哭了

借来姐姐的丝带
系了一个漂亮的蝴蝶结
我的手指
变成了可爱的小人偶

我在指甲上
画了一个笑脸
不知不觉
就忘记了疼

睫毛上的彩虹

擦呀擦
伤心的眼泪
不停地流下来
我一边哭一边想

——我一定是
被抱养的孩子吧

我的睫毛上
挂上了一道弯弯的彩虹
我一边看一边想

——我今天的零食
会是什么呢

如果我是男孩子

如果我是一个男孩子
我要四海为家
当一个海盗

把船涂成海一样的颜色
挂上天蓝色的船帆
无论去哪儿，谁都发现不了

航行在广阔的海上
如果遇到强国的船
我就威风凛凛地说：
“来吧，送给你们翻滚的海潮！”

如果遇到弱国的船
我就会和气地说：
“诸位，请把你们家乡的故事
一个个都留给我。”

不过，这样的恶作剧
只能在空闲时玩一玩
我最重要的工作
是要找到把故事中的宝藏
偷偷地运到“往昔”国的
那些坏蛋们的船

一旦找到坏蛋们的船
我会英勇作战
把宝藏一件件地全部夺回来

隐形斗篷、魔法灯、唱歌树、
七里靴……
我的船扬起风帆
满载而归
在蔚蓝的天空下
在蓝色的大海上
冲向远方

如果我是男孩子
我一定会去的

大海的孩子

我发现了大海的孩子
站在高高的礁石上

我发现了海螺的孩子
和大海的孩子
在一起玩耍呢

大海的孩子
很调皮
海螺的孩子
很可爱

船上的家

妈妈、哥哥和我
陪着爸爸在船上
一家人在一起真快乐呀

傍晚卸下货物
船头的桅杆上
挂着几颗明亮的小星星
温暖的炉火旁
我躺在爸爸的怀里听故事

清晨船儿升起了帆
迎着晨风驶向大海
晨雾中小岛时隐时现
许多鱼儿在波涛里跳跃

午后起风了
波浪一层又一层地涌过来
西边的天空映着霞光
那是大海开出来的花儿

夕阳染红了小船
小船上升起一缕缕炊烟

海上的日子
天天都像在旅行
船上生活可真是快乐呀

洗澡

如果是和妈妈一起
我，很讨厌洗澡
因为她总是揪住我
像刷锅一样地搓呀搓

如果是让我一个人
我，很喜欢洗澡
在浴盆里可以做许多事
在水面上，漂一个浮木
浮木上放肥皂盒和装香粉的小瓶子

就像宴会上的美食
摆在黄金做的桌子上

我是一个国王
躺在洁白的浴缸里
周围开满了白莲花、红莲花
一个人安静地享用晚餐

可是把玩具也带来洗澡
妈妈是不允许的
有时我会偷偷地带一些花瓣

放在水里当作小船
有时我的手指
像变魔术一样在水里变长

没人知道我的秘密
其实，我是喜欢洗澡的

感冒

橙园的树上
有我昨天挂的秋千
随风飘香的橙花啊
落在秋千上

今天我感冒了
躺在床上
留着胡子的医生来了
会不会给我开很苦的药呢
雪白的飘香的橙花啊

十字路口

会不会
有哪个陌生的路人走过来
我想问问
回我家的路怎么走

赌气的我
从家里走出来
在夕阳下的秋天
孤零零地站在十字路口

柳叶一片一片地飘落
灯火一盏一盏地点亮

会不会
有哪个陌生的路人走过来
我想问问
回我家的路怎么走

石榴叶与蚂蚁

石榴叶上有只小蚂蚁
石榴树的叶子
很大很凉爽
叶子静静地守护着它

但小蚂蚁出发了
要去寻找美丽的花
去往花朵的路途很遥远
叶子静静地看着它

终于来到花旁边
石榴花被风吹落了
落在潮湿的黑土上
叶子静静地看着它

一个小姑娘捡起石榴花
她不知道
花里有只小蚂蚁
握着花跑开了
叶子静静地看着它

栗子

栗子，栗子
你什么时候掉下来呀

我想要一颗栗子
可是它还没成熟呢
要是摘了
栗子树会生我的气吧

栗子，栗子
快点掉下来吧
我正在树下等着你呢

计数

天空中飘着两朵白云
路上有五个行人

从这里到学校
要走五百六十七步
路过九根电线杆子

我盒子里的玻璃珠子
原来有二百三十颗
现在有七颗滚丢了

夜空中的星星
数到了一千三百五十颗
可还是数不清

我喜欢数数儿
无论什么东西都想数一数

库房

微暗的库房里
堆着一些不用的旧东西

角落里的那个长凳子
夏天我在上面放过线香烟花

插在屋梁上的
那束熏黑了的樱花
庙会的时候挂在屋檐下

最里面的东西
啊，那是一辆旧纺车
是很久以前祖母曾经用过的

直到现在
它还在夜里纺着漏进来的月光吧
藏在屋顶上的小坏蛋们
蜘蛛一直想要抓住它呢
想用偷来的丝
织成魔咒的网
喜欢在白天睡觉的纺车一点也不知道

库房里有些暗
库房里的旧东西
好令人怀念
过去的日日夜夜
都被织在蜘蛛网上

邻家的孩子

剥蚕豆的时候
我听见了
邻家的那个孩子
正挨大人的训呢

要不要偷偷去看一看呢
这样不好吧
手握着蚕豆走出去
又握着蚕豆走回来

邻家的那个孩子
究竟做了什么错事呢

邻家的那个孩子
正在挨训呢

捉迷藏

自己藏起来
总是很快被找到

轮到找别人
自己总是找不到

总是被找到
总是找不到

天黑了
想回家了

山里的孩子，海边的孩子

山里的孩子呀
你在城里看到了什么

黄昏的十字街头
来来往往的人群中
像森林小屋里透出的灯光一样
一颗茱萸果实掉在地上

从海边来的孩子
你在城里看到了什么

有轨电车上的水坑里
映出美丽的蓝天
水面浮出鱼鳞云
还有白昼里寂寞的星星

内海外海

内海哗啦哗啦响着
外海轰隆轰隆响着

内海像平原的沙子
外海像荒野的石头

内海是淡淡的绿色
外海是深深的蓝色

内海是女孩
外海是男孩

内海和外海的汇合处
潮汐打着卷儿

织草帽孩子的歌

我织的麦草
会变成什么样的草帽呢

把它染成深蓝色
系上红丝带
在遥远的超市橱窗里
被明亮的灯光照着

然后
被可爱的丸子头女孩
买去戴在头上

我好想跟它一起去看看

冬·之卷

美丽的小城

冬天的雨

“妈妈，妈妈，你看
雨里夹着雪花呢。”
“啊，是啊，雨夹雪呀。”
妈妈做着针线活儿回答道

——下着冬雨的街上
撑起很多相似的伞

“妈妈，妈妈，再过七天
新年就要到了吧？”
“啊，是啊，新年要到了。”
妈妈手里缝着新年的衣裳回答道

——泥泞的街道是一条河就好了
是大海那就更好了

“妈妈，街上有船划过来了。
咯吱，咯吱，摇着橹。”
“好了，我的小傻瓜。”
妈妈头也没抬地说

——我无聊地
把左边的脸贴在玻璃窗上
冷冰冰的

问雪

落在海里的雪花
变成了海水

落在道路上的雪花
变成泥泞

落在山上的雪花
还是雪花

空中飞舞的雪花啊
你喜欢去哪里呢

阳光

太阳的使者们
一起从天空降临

路上遇到南来的风
南风问
你们要去做什么呀

一个使者说
我要把阳光洒满大地
让人们可以在阳光下工作

另一个使者开心地说
我要让全世界的花开放
让全世界变得更加快乐

还有一个使者和气地说
我要搭建一座五彩桥
让纯洁的人们通过

最后一个使者有点落寞
我为了给万物造影子
才跟随他们一起出发的

乡村

我很想去看看
小小的蜜橘
长成金色的样子

藏在树叶下面的无花果
像吃奶的婴儿
咬着枝丫不放

还有风吹过麦穗
和云雀清脆的歌声

我特别想去看看
云雀是不是只在春天歌唱
蜜橘树又是什么时候开花

只见过画中的乡村
画中没有画出来的风景
还有很多很多吧

苹果园

在北斗星下面
无人知晓的雪国里
有一个苹果园

没有围墙
也无人看管
只有园子里大树的粗枝上
挂着一口大大的钟

孩子摘下一个苹果
就敲一下大钟

钟声响一下
孩子就笑得像朵花

在北斗星下面
坐在雪橇上的旅人
听到远方传来的钟声

听到远方的钟声
他冰冷的心融化了
变成了热泪

看不见的东西

睡着的时候
都发生了什么

粉红色的花瓣
飘落在地板上
睁开眼它就消失了

虽然谁也没有见过
但谁能说那是假的呢

眨眼的瞬间
又会发生了什么呢

白色的天马
飞过蔚蓝的天空
比白羽箭还快一百倍

虽然谁也没有见过
但谁能说那是假的呢

夜里的雪

大雪，小雪
落满雪花的街道上
走着一个盲人和一个孩子

明亮的窗子里
传来了美妙的钢琴声

盲人停下拐杖
侧耳听着
大雪落在他的手上

孩子在看着
明亮的窗子
大雪落在他的头上

钢琴在雪夜里歌唱
真诚地
为他们两个人
唱出一首春天的歌

大雪，小雪
轻轻地飞舞着
温暖而又美好

月出

静静地
静静地
月亮出来了

大山的轮廓
一下子清晰了

在夜空深处
大海深处
月光正在融化呢

积雪

最上面的雪
一定很冷吧
被冷冷的月光照耀着

下面的雪
一定很累吧
那么多人从上面走过

中间的雪
一定很寂寞吧
看不见高高的天空
也摸不着近处的土地

美丽的小城

偶然想起
那座美丽的小城
河岸边的红色房顶

还有碧绿的河面上
白色的帆船
静静地、静静地移动

还有岸边草地上
坐着一个写生的叔叔
呆呆地望着河水

那时我在做什么呢
想不起来了
只记得像是我借来的
一本绘本里的风景

北风之歌

半空中寒风的呼啸声
突然停止的时候
我想到

风在半空中说
听啊，听啊，歌谣
我的歌谣

冰冷的荒原上
栖息的鸟鸣
云的旷野上
雪橇滑过的铃响
所有这些都是我带来的

没人回答也没人听到
风在半空中
突然变得很寂寞

飞雪

纷纷扬扬
飘落的雪花
可真白啊

飘落在松树枝上
快把雪花
也染成绿色的吧

元旦

想跟大家玩陆棋
要等到他们做完事
等得好无聊呀

远处的空地上
传来男孩子们的欢笑声

关上大门，立起屏风
昏暗的房间里
像大山一样冷清
结冰的庭院里吧嗒吧嗒
木屐声冷冷清清

昨天盼着守岁好不耐烦
今早却又高兴地穿上了和服
可过年真是太寂寞啦
姐姐去了学校
妈妈的家务还没有忙完

去年

我看见了，看见了
那艘扬着黑帆的小船
在元旦那一天
从这里的港口出发了

那艘船上装走的
是被新年的太阳
追赶变旧的去年吗
是去年吗，是吗

那艘船驶向了远方
它的目的地
是去年停靠的港口吗
会有人在那等着去年吗?

去年，我看见了，看见了
在新年的第一天
它乘着一艘黑色的帆船
向西远远地逃走了

店里发生的事

霰雪呀，哗啦哗啦
从门缝里钻进来
客人披着霰雪
一起走进店里面
（晚上好）
（好哇，欢迎光临）

报时钟，嘎吱嘎吱地
和着霰雪的声音合唱了一首歌
（再见了）
（好哇，谢谢你）

会唱歌的时钟，嘎吱嘎吱
不知疲倦地走着
不知什么时候
霰雪也跟着客人走了

再见

下船的孩子对大海说
上船的孩子对陆地说

船儿对栈桥说
栈桥对船儿说

钟声对铜钟说
炊烟对小镇说

夕阳对天空说
我也说再见吧
对今天的我说再见吧

烟花

烟花，绽放啦，绽放啦！
盛开的烟花
像什么呢
是绣球还是垂柳

凋谢啦，凋谢啦！烟花
落下的烟花
又像什么呢
那是另一个国度里
最神秘的花朵

王子山

这里要变成公园了
种在这里的樱花树
都被砍伐了

但是，被砍伐的树桩上
长出了许多新芽，细长的新芽

透过树丛
能看见银光闪闪的大海
我们的城市就在其中
像一座漂浮着的龙宫

银色的瓦，石头的围墙
像梦境一样
朦朦胧胧

从王子山上，看着城里
我更喜欢我的家乡了

这里没有晒沙丁鱼气味
只有樱花树上嫩芽的清香

马车

马儿啊
想踩一踩自己的影子
那奇怪的耳朵的影子
它看着地下
匆匆忙忙地向前跑去

赶马车的人
坐在空空的马车上面
嘴里衔着一支长烟管
悠闲地望着天空

天空上，洁白的云朵飘过
好像昨天的火灾
不曾发生过一样
这座城市的春天
就要来了呀

佛龛

在后院摘下的橘子
还有从城里带回来的礼品
都要供在佛龛前
我们是不可以吃的

慈悲的佛祖呀
很快就可以分给我们吃了吧
我虔诚地双手合十

我的家里和庭院中
都没有种植花朵
但佛龛前
却开满了鲜花
让房间也显得明亮起来

慈悲的佛祖呀
把鲜花供我们欣赏
就算是花朵凋零了
我也不会去践踏

我的老祖母
不管是黑夜白天
总是虔诚地给佛龛上灯

里面金黄色的灯光
像皇宫一样明亮

不管黑夜白天
我也会向佛祖敬礼鞠躬
曾经忘记的事情
我也会想起来
就算是忘记了
佛祖也都会替我们记着吧
所以我对佛祖说：
“谢谢你，谢谢你，佛祖。”

佛龛像一座金色的皇宫
有一个小小的门
如果我一直是乖孩子
就可以从这个门口进去吧

周六、周日

周六是叶子
周日是花儿

摘下挂历上的叶子
周六的晚上
变得非常有趣

没有了叶子
花儿就会枯萎了

摘下挂历上的花儿
周日的晚上
变得很寂寞

佛的国度

如果
我们都是去同一个地方
我想佛祖一定
会更喜欢我们

如果和那些美丽的花儿
还有唱着动听的歌
却被射杀的小鸟
都去同一个地方的话

就算要去不同的地方
我们也去不了
最坏的地方吧

最坏的地方
比中国遥远
比星星还高

卖梦的人

雪

在原野的尽头
一只青色的小鸟死了
在寒冷的傍晚
无人知道

为了埋葬它的尸体
天空飘下了雪花
深深地、深深地
悄无声息

无人知道
村庄里一排排房屋
都静静地矗立在雪中
披着白色的孝衣

终于迎来了清晨
天空蓝蓝的
美丽极了

仿佛是为那个小小的灵魂
铺出一条通向天国的
宽阔平坦的路吧

草原的夜

白天
牛儿在那里吃着青草

深夜
月光从那里轻轻地拂过

被月光抚摸的地方
小草在静静地生长着
为了明天让牛儿吃上青草

白天
孩子们在那里采摘花朵

深夜
天使从那里走过

被天使的脚踏过的地方
花儿竞相开放着
为了明天孩子们能看到啊

卖梦的人

新年的第一天
卖梦人
去卖新年的第一场好梦

宝船像山一样高
里面装满
正月里的好梦

善良的卖梦人
走到偏远的地方
在买不起梦的孩子们中间
把梦悄悄地留下

好事情

破烂的土围墙
倒塌了
露出一片
坟墓

道路在右侧
山的脚下
墓碑们
看到了远方的大海

总觉得
这是一件好事情
每次路过这里时
都觉得心里很高兴

愿望

夜深了
好困啊

哎呀，哎呀，我睡觉啦
半夜时房间里肯定会有
一个聪明的，戴着红帽子的小矮人
偷偷地给我做算术作业

我想那个戴着红帽子的小矮人
白天一定藏在
房间的某个地方呢

看不见的星星

天空的尽头有什么
天空的尽头有星星

星星的尽头有什么
星星的尽头还是星星
肉眼看不见的星星

看不见的星星是什么星星呢

那是国王和许多随从
向往神圣的灵魂
那是在世人瞩目的舞女
想要藏起来的灵魂

娃娃和小孩

（娃娃）
一、二、三
小女孩要眨眼睛了
趁她不注意
伸个懒腰吧

（小孩）
哎呀哎呀
真是个不懂事的小娃娃
我刚刚
才把你摆好呀

雀妈妈

一个调皮的小孩
捉到一只小麻雀

孩子的妈妈
在一边笑嘻嘻地看着

麻雀的妈妈
也看着小孩

麻雀的妈妈
站在屋顶上
它不飞也不叫
就静静地看着

扑克牌的房子

用扑克牌
盖一座小房子吧
每个房间都用牌的背面铺好
地板的图案很漂亮
用一张方片做电灯

庭院里种着黑桃和梅花的树
风吹过时红心花瓣纷纷飘落

扑克牌的房子
谁会来住呢
让四个国王和四个皇后中
那个最让人讨厌的
黑桃国王和皇后去住好啦

把扑克牌建的小房子
推倒吧
当、当、当，时钟响了五下
拿着笤帚的姐姐走过来了

失去的东西

在夏日的海边
丢失的玩具小船
回到了玩具岛上
在倾泻的月光下
回到有闪亮石子的岸边

虽然已拉钩约定过
却再也见不到阿丰妹妹
她回到了天使的故乡
在天使的守护下
在洁白的莲花中

还有昨晚的扑克里
那个大胡子国王
回到了扑克王国
在雪花纷纷的夜色里
在士兵的护送下
所有失去的东西
都回到他们自己的家吧

第一颗星

云雀在天空上
看见了
第一颗星星

船长的儿子在大海上
看见了
第一颗星星

中国的孩子在中国
看见了
第一颗星星

谁能够成为
伟大的人啊
天上的第一颗星星知道

好眼睛

我想抓住一只鸽子
得到一双鸽子的眼睛

假如，我有这样一双好眼睛
和妈妈住在城里
也能看见乡村的森林
和树上的小鸟儿

还能清楚地看到
大海里的小岛上
岩石下面藏着的鲍鱼

看见夕阳下的天空
和坐在云朵上的天使

假如，我有这样一双好眼睛
我就乖乖地跟在妈妈身边
看各种各样的东西呀

羽绒被

暖和的羽绒被
送给谁好呢
送给睡在门外的小狗吧

小狗说：比起我
后山上那棵老松树
正孤零零地站在风里呢

松树说：比起我
在荒野里沉睡的枯草
身上挂着霜呢

小草说：比起我
睡在池塘里的小鸭子
正在冰里挨冻呢

小鸭子说：比起我
雪屋顶上的小星星
冻得整夜在发抖呢

暖乎乎的羽绒被
送给谁好呢
还是我自己盖着睡觉吧

玻璃

想起一个下雪天
打碎的玻璃窗
落在雪地上

我想过一会儿
过一会儿再去捡吧
玻璃窗很久也没被捡起

每当看到那条跛脚的狗
我就想那一天
是不是它经过了我家的窗下

心里真是忘不了
下雪的那一天
雪地里闪闪发光的玻璃窗

浮岛

我想要一座岛
一座随着海浪轻摇的
小小浮岛

岛上开满鲜花
鲜花铺满我家的房顶
它的影子映在碧蓝的海水中
随着波涛荡漾

要是看够了风景
就跳进海里
去玩捉迷藏

我想要
这样的一座小岛

孩子们的钟表

不知道
世上有没有这样的钟表
像城堡一样大
百里之外都能看清表盘上的数字

在钟表的房间里面
人们推着时针转圈圈

可以抱着钟摆荡秋千
向远方眺望

早晨大家一起唱歌
叫太阳公公起床

要是晚上星星也出来
我该多高兴啊

喜欢金子的国王

喜欢金子的国王
他的宫殿是金子做的

国王的手碰了一下玫瑰花
玫瑰花变成了金玫瑰

国王的手抱了一下女儿
公主也变成了金子

国王的手，碰触到的地方
全部变成了金子

但是，那个时候
天空依然是蓝色的

邮局的山茶花

小小的诱惑

只有我一个人
被家人训斥了
还说我
是个女孩子

只有哥哥
是亲生的
我是从外面捡来的
野孩子

我真正的家
在哪里呢

箱子的家

箱子的家做好了

它不是装肥皂的箱子
也不是装零食的箱子
那是我的家

外面是白色石头的大门
后面有漂亮的花园
家中有十一间房屋
宽敞而气派

我就是那个房子里的
小小的可爱公主

后来
美丽的房子被拆掉了
变成了一堆破纸壳
我还在想着
擦洗房间的柱子呢

肉刺

舔它，吸它，还是痛
手指上的肉刺啊

想起来了
想起来了
姐姐从前说过的话
手指上长肉刺的孩子
是不听话的孩子

前天我乱发脾气
昨天干活偷懒了

如果向妈妈道歉的话
手指会不再痛吗

讲故事

广阔的原野尽头
有一片银光闪闪的湖水
湖畔的宫殿里
住着一个小小的骄傲的女王
（那是在魔法湖中变小的我自己）

女王身后
簇拥着一大群侍女
（她们是被施了魔法的朋友）
站在女王面前的
是一位大胡子管家
（他是被施了魔法的老师）
金灿灿的大钟敲响了
女王用玫瑰花瓣做的勺子
品尝着花蜜……

讲这样的故事
大人们会笑我吧
而我却有点空虚

邮局的山茶花

开满红色山茶花的邮局
好令人怀念

怀念那一扇
常常斜靠着看云的黑木门

捡起掉落的山茶花
装进白色的围裙兜里
邮递员看着我笑了
那天很令人怀念

山茶树被砍倒了
黑色的大门也被拆掉了

新邮局营业了
油漆散发着新鲜的味道

丧事

每次看别人家办丧事
装饰着很多白花和彩旗
我就想
如果我家也办丧事多好

今天家里真有丧事了
可是我却很无聊
谁都不理我
从城里赶来的姑妈
默默地流着眼泪
没有人批评我
但是好害怕
我躲在角落里缩成一团

那些人排着队走出家
像涌出的云朵
从家里飘了出去

之后院子里安静了
我更加寂寞了

汤碗和筷子

尽管现在是正月
也有花朵开放
它开在我的红漆汤碗上

即便，到了四月的春天
我的绿色筷子
也不会发芽

沙子的王国

我现在是
沙子王国的国王

高山、峡谷、原野和河流
都变成我的所想

恐怕童话里的国王
也不能够
做到这样吧

我这个
沙子王国的国王
可真了不起

奶奶和净琉璃

做着针线活的奶奶
最喜欢讲故事给我听
鹤、千松、中将姬……
这些故事的结局都很悲伤

奶奶讲故事的时候
偶尔会唱一段净琉璃
那悲伤的曲调
听起来就会让人心痛

唱到了苦命的中将姬
总是会让人想到
那个大雪纷纷的夜晚

那是很久很久的从前
歌词都忘记了
只剩下一段哀伤的曲调

现在想起那曲调
就像冰冷的海水透进心底
还有那雪花飘落时的沙沙声

捕鲸

一个冬天的夜晚
海水呼啸
一边吃烤栗子
一边听故事

很久以前
有一群捕鲸的人
就住在紫津浦这片海域

冬天的大海波涛汹涌
狂风卷着雪花怒吼
捕鲸的绳索和雪花一起飞舞着

鲸鱼的血
把岩石和小石子染成了紫红色的
海岸和海水也被染成紫红色的

渔夫们穿着厚厚的棉衣
站在船头上
等鲸鱼不再挣扎的时候
立即脱掉衣服
赤身跳进汹涌的波涛中

很久以前的渔夫们——
听着故事
心怦怦直跳

现在鲸鱼捕光了
渔村变得十分贫穷

海水依旧呼啸着
捕鲸的故事讲完了
才发现——
冬天的夜已经很深了

沙丁鱼的葬礼

朝霞映红了天
渔船归港了
沙丁鱼
装满了仓

岸边像过节一样

可是大海中
却正在为那些沙丁鱼
举行葬礼

摔倒的地方

从前
我在这里摔倒了
一个人坐在那里哭泣

今天
又在店里遇到了
那位看见我哭的小阿姨

桃太郎啊桃太郎
可不可以借我穿一下
你的隐形蓑衣

故事里的王国

我

无论哪里都有我
我之外还有一个我

在街上店铺的玻璃窗里
在家里的时钟玻璃里
在厨房的盘子里
下雨天，在路面的水洼里

可是为什么
无论什么时候看
我都不在天空里呢

小石头

昨天
绊倒了一个小孩
今天
绊倒了一匹马
明天
谁又会经过这里呢

乡间的小路上
这些小石头
若无其事地
看着红色的夕阳

松果

海边小松树上的
一颗小松果
眷恋着远方的大海

它从树上滚落下来
上了一艘小船

小船在大海上
捕了一夜的鱼

松果还没去远航
就在天亮前
又回到岸上

弹珠

天上的繁星
多像漂亮的玻璃球呀
轻轻撒落的玻璃球
从哪一颗开始弹好呢

那颗星星
一下就弹中了
然后取走那颗星星

那满天星星
弹也弹不完

纸牌

暖炉案上
放着几个橘子
奶奶带着的老花镜
闪闪地发着光

榻榻米上
散落着一堆纸牌
纸牌上的小人
一个、两个、三个

隔着玻璃窗
夜很安静
偶尔几粒霰雪
啪啦啪啦地轻敲

偷懒的挂钟

偷懒的挂钟想
今天是周日
男主人休息
少爷、小姐不用上学
大家都休息啦

只有我在不停地转圈
好无聊啊
干脆睡觉或出去玩儿一会儿吧

有人发现了偷懒的挂钟
咯噔咯噔地给它上了发条
挂钟忙说
对不起，对不起
又转了起来

万花筒

围着万花筒的
都是一群小孩子

去年
和妈妈去寺庙参拜的路上
我总是偷偷地瞄着它
咬着手指走过去

今天
一个人来到这里
我口袋里，带着光灿灿的硬币

围着万花筒
等着排队的
都是一些小孩子

椅子上

我坐在礁石上
大海包围着我
潮水涨上来了

喂——喂——
无论我怎样呼喊
海上的帆影
还是离我越来越远

太阳下山了
天空很高很远
潮水涨上来了——
（好了好了，该吃饭了）

哦，是妈妈在叫我
我从椅子的礁石上
纵身一跃
跳进了房间的大海里

花和鸟

画册里
花和小鸟
一起玩耍

会场上
花和小鸟
并排站着

花瓶里的花
和谁在一起玩儿呢

笼子里的小鸟
又和谁一起玩儿呢

小镇的马

山里的马
拴在酒铺后面
镇上的马
拴在鱼店门前

山里的马
急匆匆来到城里
卸下货物
又回到了山里

小镇的马
可怜巴巴地
拉着沉重的鱼
去往更远的街市

被训斥、鞭打
拉着满车鱼的马啊

狗和白目鸟

我很讨厌
大狗的叫声

我最喜欢
小白目鸟唱的歌

那我的哭声
更像谁呢
有谁讨厌有谁喜欢呢

除夕和新年

哥哥去外面讨账
妈妈在装饰着院子大门
我准备礼物
全城的人都在忙碌着

阳光普照
街道整洁、亮堂堂的
淡蓝色的天空中
纸鸢在悠闲地飞舞

哥哥穿着带花纹的和服
妈妈穿着迎客用的和服
我穿着新做的长袖和服
街上的人们都在玩儿
家家户户都装饰着门松
城里下雪了

灰色的天空中
纸鸢在悠闲地飞舞着
画着大大的圆圈

喜蜘蛛

从早晨就开始寻找喜蜘蛛
不知为什么一大早就这么开心
今天喜蜘蛛一定会出现吧

妈妈也不知道
我要去接爸爸了
他还活着
住在一个遥远的地方

我很快梳好头发
穿上最喜欢的衣裳
坐上红色的马车

红马车经过的路上
长着白色的芒草
野菊花开着小小的花朵

经过飘着旗子的小村庄
经过响着钟声的寺院
走过潮湿茂密的森林

在晚霞消失的地方
能看到对面

有座跟城堡一样大的房子

爸爸会迫不及待地
从房间里跑出来
我也会从马车上跳下来

我会喊爸爸
不，应该是说不出来话吧
因为太开心了

一大早就觉得很高兴
从早晨就开始寻找喜蜘蛛
今天应该会有什么好事吧

老海港

老海港的大钟
六点在最上面
不知为什么
两个指针都逆时针转

破旧的码头上
一只红色的花
在正午的阳光中摇曳着

幽暗的水面上
停泊着一艘船
像一位老者寂静如山

这是哪个世纪
哪个国家
才会有这样的海港

无人能够回答
它只出现在了
我的梦里

数星星

我伸出十个手指
数着
天上的星星
昨天是这些
今天还是这些

我伸出十个手指
数着
天上的星星
数来数去
却还是只有十颗

陀螺的果实

小小的红红的
陀螺的果实呀
又甜又涩的陀螺的果实呀

放在手里
一个转着玩
一个吃掉
吃完了再去寻找

虽然只有我一个人
但是山上的陀螺果很多
数也数不清
它们都躲在树荫下
偷偷地看着我呢

虽然只有我一个人
玩着陀螺
夕阳落下去也不寂寞

放河灯

昨夜
放在河面上的灯笼
摇摇晃晃地漂走了
它们漂到哪里去了呢

向西，向西
一直漂到
天和海的尽头

啊！今天
西边的天空
被烧红了一片

抽陀螺

曾经流行的拍卡片
曾经流行的玩弹珠
现在都被学校禁止了

最近流行的抽陀螺
也被学校禁止了

其实，他们躲起来
都在偷偷地玩儿呢
有时，我也想加入的呀

但是，我会突然想起来
那些石头、草木
连踩踏都被禁止了

大人的玩具

大人们扛起铁锹
就能去田里种地

大人们驾起渔船
就可以去海里捕鱼

而且大人中的将军们
都能指挥真正的军队

可是我的军队
是一群不会走路的小木偶

我的小船是纸折的
我的铁锹是一把小饭勺

觉得自己好无聊
我也想要一个大人的玩具

开店游戏

杏树下的三间小店
生意各有不同
出售的商品
是各种各样的树叶
因为，它们没有名字
所以，叫什么都可以

在食品店里
摆着乌龟饼干
鞋店里
摆着各种木屐
鱼店里
摆着加级鱼、比目鱼

来呀，开店啦
大家快来，瞧一瞧，看一看啊
请带足石头的钱币
来买东西吧

三间店的上空
有杏花一朵一朵
飘落

国王的马

国王的马是木马
随从的马是泥马

可玩具店里
国王的马是金马
随从的马是银马

下雨天
泛黄的榻榻米是玩具王国
天很蓝
青草丛中
传来阵阵的铃铛声
那是金铃铛的声响

大将军

如果
有一天我成了大将军
这条街上
爱欺负人的小孩
胆敢对我无礼的话
我就骑着大马仰着头
驾、驾、驾
威风地去收拾他们

如果
有一天我成了大将军
田地里的稻草人
不尊重我的话
我就会很有礼貌地
以牙还牙

如果
有一天我成了大将军
我的父亲
要是训斥我的话
我就会让他骑上我的马